우리가 동시에 여기 있다는 소문

우리가 동시에 여기 있다는 소문

김미령 시집

민음의 시 281

민음사

스쳐 간 나를 잠시 불러 세웠지만
아무 말 하지 않았다.

2021년 2월
김미령

차 례

I. 우리는 계속 뒤를 보며 앞으로 달아나고

II. 무수한 몸짓의 반복 속에서

III. 우리가 동시에 여기 있다는 소문

I
우리는 계속 뒤를
보며 앞으로
달아나고

개조

휴일 아침에 무엇을 할까 생각하면 정말 사람이 된 것 같다. 좀 더 적극적으로 공터를 생각할 수 있겠지만

이 근처에는 공터를 떠올릴 만한 산책이 없다. 산책이 가라앉아 물속에 있다.

산책을 찾기 위해 길을 나서려면 새도 좀 데리러 가야 할 것 같은데 창고에는 온갖 새 모형이 많지만 그들은 진짜 새를 질투한다.

산책은 모처럼 운동화를 챙겨 신고 카디건도 걸친다. 또 무엇이 필요한가. 사람은 휴일 아침에 무엇을 하면 산책이 되나.

저기, 물이 조금 움직인다. 한 바퀴 회전을 한다. 내 걸음을 보고 따라하는 것처럼.

물고기들은 물이 움직이는 것을 보고 멀리 도망간다.

작용

거기 서! 하고 말했지만 계속 줄지어 가는 것들이 있다.
가고 있는 것을 멈출 수 없었던 것은
말하기 전에 이미 다 가 버렸기 때문이다.

이쪽 유리창에 김이 서린다.

굳이 세우려던 것이 아니라면 불러 볼 필요는 없지 않았
냐고 누가 말하는 것 같다.

이리로 와! 하고 말했지만 역시 오지 않았고
대신 공이 이쪽으로 굴러왔다.
공에게 시선을 주는 동안 충분히 지나갔을까 생각했지
만 아직 거기 있는 것은
미안해서라기보다 무엇을 할지 몰라서였고

언제든 생각나면 부르지 않아도 알아서 올 것이지만
오지 않더라도 후회는 누구의 것도 아니겠지.

오지 말고 그냥 가! 라고 말했을 때는 이미 눈앞에서 사

라진 뒤여서

　그것이 방금 내가 한 말이 아니었나 생각해 보는 사이

　해가 진다.

　이미 몇 번 그렇게 말한 것 같은데

　지금까지 반응한 것은 귓바퀴 안을 맴돌던 바람뿐이었다는 생각이 들고

　아무도 없는 여기서 그러는 걸 아무도 모르는 게

　조금 안심이 된다.

동작

네가 방금 넘어진 것은 허둥댄 탓이라 생각하며 다시 일어나 문을 민다.

어쩌면 이 문은 네가 아는 것보다 10센티 정도 뒤에 물러나 있고 그것을 자주 착각하는 너는 왜 계속 넘어지는지 알 수 없다.

이 문 밖으로 나가는 것부터 시작이지만 어김없이 오늘도 너는 박자가 틀리고 만다.

대문을 밀던 너는 개를 끌고 가는 너를 본다.

이미 지나간 길을 같은 개와 가는 것이고 그것이 어제의 잔상 위에 겹쳐진 것인지 오늘 하루의 반복인지 알 수 없지만

긴 줄이 팽팽해지다 느슨해지곤 하던 것을 손이 겨우 기억한다.

끌려간 개는 끌려가느라 미처 보지 못한 것을 뒤에 남겨놓고 가고 그게 어제의 제 모습이라도 되는 것처럼

뒤이어 오는 개가 허공에 대고 반갑게 군다.

개를 끌고 가는 너는 호수 앞에 서 있는 너를 본다.
　　어떤 충동도 느끼지 않는 너를 부추기듯이 물은 잔잔하고 물 위로 가끔 새가 도착한다.

　　물의 표정에서 무언가 임박하기를 기다리지만
　　아무런 변화가 없다.
　　한참 서 있던 너는 쥐고 있던 돌을 놓아주는데
　　며칠 후 돌은 알을 낳고
　　물이 불어나면 하나씩 깨어나 헤엄쳐 나갈 것이다.

　　호수 앞에 서 있는 너는 운동복을 입고 달려가는 너를 본다.
　　걸어가는 사람들 사이의 빈 공간을 꿰매면서 달려간다.
　　스피드를 줄이지 않아야 밤낮으로 맹렬히 피고 지는 식물들의 몽정이 네 꿈속까지 파고드는 것을 뿌리치며 달릴 수 있다.

　　팔을 흔드는 각도
　　일정한 간격의 들숨과 날숨

네가 떠올리는 네 모습 속에 너는 항상 보이지 않고
숨 가쁘게 흔들리는 들판만 있다.

달리기를 그만둔 너는 활짝 핀 꽃나무를 본다.
저 꽃나무는 네가 수년 동안 봐 온 꽃나무인데 매번 같
은 방향에서만 봐 온 것을 이제야 알게 된다.

뒤로 돌아가면 납작하게 헌 꽃나무의 뒤통수가 있을지
모른다는 생각이 들고

가까이 다가가 손을 뻗으려는데 꽃이
갑자기 독한 향을 풍긴다.

그리고 그 장면은 마지막 순간에 또 멈추고 만다.

꽃나무의 꿀을 빨고 있던 벌은 바닥에 쓰러진 노인의 심
장에 대롱을 꽂고 있는 벌로 기억된다.

너는 아무것도 하지 않는 네가 되어 물가에 앉는다.

수면 위에 무언가 떠오르기를 기다리지만 무엇도 떠오
르지 않는다.

기다림에 응답하지 않으려면

한결같은 것이 좋다.

두 개 이상의 시간이 하나의 장면 속에서 흘러 나가고

모든 관절이 풀려 있는 자연을 본다.

플레어

그늘 주위를 맴돌았다. 빈 그늘이 없었다.

해변의 끝으로 점점 밀려나게 되었고 결국 물속으로 들어가 물 아래에서 그늘을 찾아야 했다.

햇빛이 물속까지 뚫고 들어왔다. 희고 아름다운 몸들이 일렁이는 빛 그물 사이를 빠져나갔다. 물을 휘젓는 팔다리 사이로 거뭇한 무엇이 지나기도 했는데

그런 것이 문장의 습관 때문이라고만은 생각되지 않았다. 사실로 위장한 신비는 밝은 대낮에 모두가 지켜보는 앞으로 당당히 걸어오고

그것을 쓰고 난 후 한참 뒤에나 정말 그렇다고 알게 된다.

일테면 이런 것,

웅성이는 그늘 아래로 모여들었다 그늘과 그늘 사이에서 기다란 것이 교차되었다 번들거리고 검붉은 장기, 고대의 금

빛 유물, 꽃과 진주로 장식한 온갖 음식들, 비늘을 번쩍이며
물과 뭍을 오가는 사람들, 온종일 북적이며 뒤섞이는 정체
를 알 수 없는 것들의 물물교환

  그러나 어쩌면 그것은 벗은 몸들의 단순한 뒤척임이고
  버리지 못해 물가까지 끌고 온 낡은 잡동사니와 늘어지
고 벌어진 살들의 전시
  모처럼 한자리에 모인 한여름 대가족의 난리법석들
  선베드에 누워 닭다리를 뜯으며 지나는 사람들을 구경
하는 뚱뚱한 나신이었고

  지나고 나면 거기 없었던 것들은 모두 기억한다.

  네게로 날아온 공이 네 뒤의 다른 얼굴을 가격했지만
  너는 기절하듯 쓰러졌고
  점점이 커지며 무서운 속도로 날아오던 행성의 불길한
슬로 모션을 그 후로도 너는 종종 떠올렸고

  사진기 속으로 숨은 한 줄기 빛 때문에 하얗게 날아가

버린 얼굴이 그날의 증인이지

지금은 오래돼서 그가 누군지 모르지만.

── 이 방향에서 찍으면 역광이야

누가 그렇게 일러 줬으나 어디서 찍어도 모두 역광이었고
빛 아래 몸 가릴 곳은 아무 데도 없었다.

물에 서서 줄지어 늘어선 파라솔들을 보았다.

물은 육지로 점점 올라가고 파라솔들은 점점 바다로 내
려오고 있었다.

── 지금 여기가 어디지?

── 파라솔이 모두 똑같아, 죄다 포카리스웨트라고 쓰여
있고 모두 노란색 튜브를 타고 있어.

다 같이 선글라스를 쓴 채 손차양하고 바다 쪽을 바라
보는데……

그제야 우리 그늘에 어떤 표시도 없다는 것을 깨닫는다.

얼른 저 그늘로 들어서지 않으면 영영 늦은 겨울을 맞이하게 될 거야.

넘치는 것은 계속 넘치고

모자란 것은 점점 희박하게 될 거야.

파라솔은 모두 사라지고 오래전 폐장한 후에 한 번도 열린 적 없는 해수욕장에는 쓰레기만 바람에 뒹굴게 될 거야.

이제 곧

그렇게 쓰고 싶어지는 저녁이 온다.

파도에 떠내려가지 않으려고

온 힘을 다해 팔을 저어야 했다.

현장

몇 개의 골목을 지나 소리가 들리는 그곳으로 군중에
떠밀려 간다.
길을 잃을까 서로 손잡고 아이를 목말 태운 채
물결에 휩쓸리듯 바다 쪽으로

── 이제 거의 다 온 것 같아, 화약 냄새가 진동을 해.
서로 보고 웃으면서

모두 알고 있는 그것이 저 골목 끝에 진짜 있다는 듯이

이미 한참 전에 시작됐지만 하이라이트는 아직 멀었고
우리가 가고 있는 동안에는 그것이 계속 지연될 거라는
믿음

무리에 뒤섞여 흘러가다 다른 연인의 팔짱을 끼고 다른
부모의 손에 이끌려
낯선 해안의 풍경 속으로
무한 복제되는 까만 뒤통수들을 따라가면서도 이유 없
이 그냥 즐거워서

도착하기도 전에 모두 끝이 나도

얼룩덜룩해진 낯빛이 줄줄 흘러내리고
확장된 동공이 텅 비고
입속에 화약 냄새를 풍기면서도

── 그런데 왜 아직 바다가 보이지 않을까.
고개를 갸웃거리며
진동과 폭음에 떨리는 창 옆으로 웃고 떠들며 지나가
는데

어둑한 길 안에 묶여 있는 개가 계속 쳐다본다.
밀려가는 사람들을 향해

짖지도 않고

작동

거대한 기계가 멈추자 파도가 거꾸로 흐르기 시작한다.
한 사람의 떨림을 위해 미래의 새들이 추락한다.
피기도 전 꽃 속에 도착한 벌들이 발을 가지런히 모아
불탄 들판의 꿈을 꾸고
부메랑을 향해 달려가던 개의 앞발은 뒤를 향해 있다.

전원 버튼은 어디에도 없고 안전장치도 망가졌지만
모든 것은 하나씩 예정대로 진행될 것이다.

시간에 맞춰 먼바다의 해일이 육지를 향해 다가오고
쓰러지기 전 낡은 백화점이 최대의 인파를 불러 모으고
벤치에 앉은 노인이 자신의 부고를 읽는 아침

무너진 굴을 수선하느라 분주한 개미들과
불을 끄기 위해 바삐 물을 실어 나르는 벌새들과
어디에도 기록되지 않는 수많은 몸짓들로 조용한 비약
을 완성하는 사람

막연한 징후로부터 흐린 창문을 닦아 주고

저녁엔 자신의 맥박을 들으며 스러진 재들을 돌아보는 일

지금 앉은 의자의 뒤쪽
먼지의 서식지가 눈감고 감지하고 있는

세상의 모든 미세한 움직임들

민간인

밧줄을 들고 달려오는 사람 뒤에 막대기를 들고 달려오는 사람이 있다 자루를 들고 달려오는 사람이 기름통을 들고 달려오는 사람을 돌아본다 돌아보는 옆모습이 돌아보는 기억보다 느리게 온다 돌아보는 얼굴이 무수히 겹쳐진다 관을 이고 달려오는 사람이 있는데 관 밖으로 팔이 덜렁거리고 뚜껑이 열려 달아나도 멈추지 않는다 뒤이어 언덕을 멘 사람이 산짐승을 줄줄 흘리며 오고 있다 이것이 예감이 아님을 모두 알고 있어서 다 함께 땀을 흘린다 골목을 돌아 쇠스랑을 들고 달려오는 사람에게 북소리가 들린다 앞에 양 갈래의 길이 계속 나타나고 북소리가 점점 커지자 그의 동공이 확대된다 쇠스랑으로 벽을 긁으며 달려간다 긁다 보니 벽이 아니라 사람이거나 가축이었지만 누구도 비명을 지르지 않는다 갈대숲을 헤쳐 나가듯 모조리 베며 나아간다 그의 뒤엔 수탉을 감싸 안은 사람이 달려오는데 수탉의 눈은 제일 먼저 달려간 사람의 전경을 본다 수탉의 몸뚱이는 마구 흔들리지만 눈은 공중의 한 점에 고정돼 있다 그 앞에 흰 천으로 눈을 가린 사람들이 줄지어 서 있고 그들은 동시에 피를 흘리며 구덩이 속으로 쓰러진다 끊어진 다리 아래로 피난 행렬이 강물을 허우적거리며 건너간다 인간 띠를 만들어 건너가는 동안 한 아이가 물살에 휩쓸려 떠내려간다 그를 부르는 목소리는 그를 따라가지 못한다 마지막으로 떠오르고 잠겨 버린 아이의 부러진 손목이 하류의 강어귀에 걸려 있다 마을을 빠져나가지 못한 일부가 급히 문을 두드린다 녹색 문을 찾고 있다 어느 지주의 벽장에 있다고 하는데 그 지주는 벽장 안의 토굴 속으로 사라지고 없다 그가 죽인 돼지들이 앞마당에 수북이 쌓여 눈알이 뽑혀 있거나 내장이 터져 널브러져 있고 암돼지의 구멍에는 꼬챙이를 박아 놓았다 불을 지르고 전진하라는 명령이 있었다 마을을 둘러싼 방풍림이 먼저 소리를 지르며 검게 타오른다 그을음이 공중으로 높이 솟구친다 마을 주위에 넓게 펼쳐진 논이 바람 따라 물결치고 구름은 조용히 흐르고 있다

균형을 위한 다음 동작의 근사치

그는 온통 일그러져 있다.
다음 한 발을 어떻게 뗄 것인가 곤혹스러운 듯이
발을 한 뼘 정도 들어 올리고 상체는 약간 구부리며
손가락을 앞으로 뻗어 어디에도 부딪치지 않으려고 애
를 쓰면서

이것은 배추의 자세인가.
발목쯤에서 뿌리가 나오고
허리쯤에서 푸른 잎들이 천천히 돋아날
어디로도 가지 않으면서 언제든 갈 준비가 된 사람으로
서 동작 하나에 수백 개의 가능성과 수백 개의 불가능성
을 생각하는
매 순간을 분할해 그 사이에 수많은 정지를 끼워 넣고
그 자리에 새로운 이야기들이 시작되게 하는
그렇게 결말이 무한히 연기되는 동안 사지가 점점 길어
져 사방으로 뻗어 가는

눈알을 이리저리 굴리고 안면 근육은 제각기 불규칙적
으로 움직였다 수축하고

그에게 들려오는 모든 소리들이 하나씩의 방향을 가지
고 저마다의 크기로 다가올 때

  수없이 이어진 보도블록의 줄과 칸 어디쯤에서
  그 순간 무한히 늘어나는 길과 바뀐 계절과 분할된 기억
의 드넓은 간격 속에서

  오른손 끝에는 길이 수백 개로 갈라지고
  왼손 끝에는 나무들이 수없이 불어나서
  그 가운데 서 있는 그를 통과해 무엇이 흐르고 있는지
온 몸이 귀가 되어 탐지하면서
  시커먼 새 떼들이 날아와 앉아도 기울거나 흔들리지 않
는 숲의 고요를 바라보면서

  장소의 안에서 밖으로 몸의 밖에서 안으로
  모든 기척들이 드나드는 것을 생각하면서

  그러나 잠시 주위를 둘러보면 모두 움직이고 있고 혼자
만 멈춰 있어서 그 스스로 무언가를 드러내려던 것이 아니

지만 너무 많이 드러나 있다고 느끼고
　여기서 저기로 건너려고 하는데

　가장 먼저 다가온 무엇을 향해
　몸의 한쪽을 높이 들고 한쪽을 기울여 그를 비워내는
방식으로 손을 내밀기로 한 것인데
　이후의 모든 연속 동작들에게 단 하나의 장소가 될 그
곳에서 견고한 하나의 기둥을 세우려던 것인데

　그의 악수는 자꾸 바닥으로 흐르려고 하고
　온갖 잡동사니와 함께 우루루 쏟아지려고 하고
　그러나 내색하지 않고 웃으며 손을 내밀기 위해

　눕지도 엎드리지도 않고 두 발로 서서
　낮게 더 낮게 몸을 숙이고
　그가 알고 있는 최소한의 걸음을
　최후의 한 걸음인 듯이
　그 한 걸음을 이제야 새로이 보게 된 듯이

낙엽 한 장 머리에 얹고
한 발을 들고 비틀거리며

* 안토니 곰리의 조각 「뿌리내리는 자」 연작을 보고.

빛의 자각

이것은 개
납작하고 네모난 이것은 접어지지 않는 개
공중을 향해 한참을 짖어 내장이 투명해진 개
빙그르르 굴러가다 제자리로 돌아온, 누구도 찌르지 못
하고 옆으로 누운 원뿔 개
하나의 부조리를 완성하기 위해 자기기만을 멈추지 않
는 개
눈앞에 떠 있는 빛 뭉치의 무한한 변형을 무심히 보고
있는 개
거리를 가로지르지 않고 자기 안을 갈라 가로수가 양쪽
으로 높이 뻗어 나가는 것을 지켜보는 개
차원의 내부에 흘러내리는 빗방울의 순간적인 정지에
귀를 쫑긋 세우는 개

경로는 어디에나 썩은 음식 냄새를 흘리고 붉은 소화전
이 있는 골목 입구에 한 명의 잠입자를 감추는데
광고 트럭이 연달아 지나고 꽃가루가 흩날리고 눈발이
낱낱의 알갱이로 몰아쳐 내리는 오후

퍼레이드는 퍼레이드다* 퍼레이드는 안구 속의 퍼레이드
고 길가의 구경하던 소녀가 영원처럼 쓰러지는 중

　　신호등이 흑백으로 점멸하는 사거리
　　마을의 모든 길이 한눈에 내려다보이는 풍경 속
　　공중에 날리는 털을 천천히 씹으며

　　보이지 않는 개의 잠 뒤에서

* 장 뤽 고다르.

가볍고 무의미한 수많은 정지 중 하나

쌓인 모래가 있다. 파인 모래가 있다. 밀려오는 모래가 있고 밀려가는 모래가 있다. 검은 모래와 흰 모래가 있으며 마른 모래와 젖은 모래가 있다.

누군가 모래 위에 낙서를 하다가 막대를 박아 놓고 간다. 막대가 조금씩 기울어진다. 쓰러진 막대를 파도가 물고 질질 끌고 간다.

한 장면이 거기서 끝이 난다.

웨딩 촬영하는 신부가 포즈를 잡는다. 드레스 자락이 젖기 직전이다. 신부의 허리가 휜다. 조금 더 휜다면 바다는 끝이 날 것이다. 바다가 눈을 감으려는데

오늘의 계획은 급히 수정된다.

원래 여기 오기로 돼 있었던가. 오늘은 언제 시작됐으며 우리는 언제부터 이곳에……

비둘기와 갈매기가 뒤섞여 서로의 발자국을 쫀다. 다 같이 빙빙 돈다. 모래 위에서 같은 모이를 먹고 서로의 구멍을 쳐다보다가

교차하며 공중으로 날아오른다.
또 한 장면이 거기서 끝이 난다.

여기 한 사람이 앉아 있고 저 앞에도 한 사람이 앉아 있다. 여기 두 사람이 앉게 되자 저기 한 사람이 뒤를 돌아본다. 다시 저기 한 사람은 두 사람이 되고

그제야 여기 한 사람은 자신의 시간으로 돌아간다. 조금 더 기다렸다면 옆에 앉은 이가 누군지 볼 수 있었지만

모래 위에는 아무도 없다.

바다를 바라본다. 바다를 바라보고 있다는 생각을 바라보고 있다. 바다에 가야겠다는 어제의 생각 속에는 무언가의 뒷모습이 보였지만 이제는 투명해진 그것의 웃음만 보

인다.

　모래 위를 뒹구는 쓰레기들
　아무것도 남겨지지 않은 여름의 끝

　빗방울이 흩날린다. 모래 위에 작은 구멍들이 생긴다.
비를 피하려 사방으로 흩어지는 바람이 이상한 소리를 낸
다. 모래 구멍이 점점 더 커져 빨려 들기 전에 얼른 달려야
한다.

　이 모든 장면과 상관없이 서 있던 한 사람은
　뛰지 않는다.
　그의 바다에는 그런 장면이 없으므로

　젖은 모래는 날지 않는다.

플래시몹

기습적으로 잊혀지는 연습을 했다.
반짝이는 것은 모두 꺼내 불태웠다.
장난처럼 간을 모집하고 간을 조금씩 떼 냈다.

우스워 죽겠다고 떼구르르 구르더니 진짜 죽어 버렸다.

자주색 구름이 뭉쳤다 풀어졌다.
한여름 밤 야외극장에 모인 아이들이 동시에 사라지고
구덩이가 동시에 닫히고

높이 펄럭이는 천막 아래로 왁자하게 모인 후 질서 있게
교차하며 돌아갔다.
새벽의 두더지 잡기를 한 후처럼
조용히 헤어졌다.

우리는 모두 집에 있었지.
흰 내의를 입고

흔들리는 들판

들것에 싣고 한참을 달렸는데 실린 것이 없었다 확인해도 믿을 수 없었으므로 믿지 않았다 의심하면 모든 것이 무너질 것이었다 목적지가 계속 바뀌는 것이 이상하지 않았다

들것이 들것의 거리로 내달렸다

들것을 위해 모두 길을 터 주었다 들것을 비워 둘 수 없어서 계속 실어 날랐다 마을 전체를 날라야 할지도 몰랐지만 피곤하지 않았다 오히려 날라야 할 것이 없을까 봐 염려되었다 어딘지 모르면서 도착할 수 있을 것 같았고 누구를 구해야 하는지 모르면서 구할 수 있을 것 같았고 살아 있는 것이라면 무엇이든 괜찮았다

어쩌면 쓰러질 준비를 하고 있다가 들것 앞에서 갑자기 쓰러지는 것 같았고 끌고 가지 않으면 자신의 머리채를 잡아 손에 쥐어 주기도 했다

들것을 빼앗기는 것이 두려웠다 들것을 들고 달려가면

빈 들판을 만족시킬 수 있었다 풍경을 흔들 수 있는 달리기가 좋았고 들것의 역할이 좋았고 아직 들것을 들 힘이 남아 있어서 다행이었다

들판의 색채와 가쁜 호흡이 뒤섞였다 앞뒤 소리와 좌우 방향이 구분되지 않았다 산 것을 싣고 달리고 죽은 것을 싣고 달렸으며 끈질기게 이어진 집착은 도끼로 찍어 내면서 달렸다 실을 것이 없으면 자신이 대신 누울 수도 있다고 생각하면서

싣고 실리는 것을 바꿔 가며

달렸다 선택은 무작위였고 그것은 당연하고 자연스러웠다 달리는 동안에도 실려 갈 것은 계속 태어났다 기하급수적으로 늘어나고 있었다 들것이 모자라면 들것 뒤에 여럿이 매달리고 그것도 어려우면 업고 업히면서 가기도 했다 들것 위에서 사랑을 하고 들것 위에서 아이를 낳고 어느덧 그것은 평범한 풍속이 되어 갔다

건물

저 건물 위에서 너를 내려다보는 사람
훗날 네 시 속에 등장하려고 잠시 창가에 서 있다 사라
지고

세상에서 가장 어리숙한 한 사람으로
뭔가 익히다 깜빡 태운 뒤 허둥거리는 뒷모습으로

기억은 탔지만 후회까지 타려면 조금 모자라 그 바닥의
그을음을 가만히 들여다보며 머리를 긁적이며 서 있고

너는 아직 그 시를 쓰지 않았고 어쩌면 영영 쓰지 않을
지도 모르지만

훗날 네 문장으로 들어온 그를 네가 알아볼 때
그리고 너와 아직 쓰이지 않은 네 문장 속 그와의 사이
드넓은 공중으로 눈비가 흩날릴 때

뒤통수를 가진 것들은 잘 멈추고
모든 창문은 동시에 어둡겠지

네 시를 오가다 만난 개를
네 시 속에 서 있다 보게 된 새를
기억에 묻고 그는 살아가겠지만

네 시와 상관없는 그의 나날이 생각나서
너는 잠시 또 건물 위를 바라보겠지만

그리고 돌아보지 않는 걸음으로
너무 익숙해서 낯선 풍경 속으로

천천히 멀어지는 사람

방문객

길게 줄을 서 있었다. 한 사람씩 도착해서 무슨 표정을 짓고 돌아갔다.

숨겨져 있던 얼굴을 하나씩 꺼내 펼쳐 보이듯이 안면이 이상하게 일그러졌다.

그들이 무엇을 보고 돌아갔는지 궁금했다.

줄 서 있는 동안 무엇을 할지 생각하고 있었다.

그사이에 줄이 조금씩 휘고 있었다.

촘촘하던 줄이 점점 느슨해지고 누군가 소리치면 영문도 모르고 길을 터 주었다.

다른 바쁜 일은 잠시 잊어도 좋았는데

이 줄을 따라가기만 하면 대기실이 나타나고 또 나타날 것이지만

그것을 위해서라면 당연한 일이라고 생각했다.

점점 거기에 다가가고 있을 때 앞줄에서 뭉텅뭉텅 사람들이 빠져나가고는 했는데

그들이 무슨 소문을 들어서였는지 알 수 없었고

그것은 꽤 중요한 일인 것 같았지만 아무도 신경쓰지 않

왔다.

　계속 줄을 서 있다는 것에 안도했고 집에 돌아가면 이날을 소중히 기록할 것이라고

　모두 조용히 다짐했다.

　구름이 몰려와 하늘을 메우는 것이 이 부근에만 그런 것인지 언덕 쪽의 높은 첨탑이 빛나고 있었다.

　소나기가 몰려오는 것 같았지만 다들 관심이 없어 보였고

　계획에도 없던 일에 붙들리게 된 이유에 대해 스스로도 조금은 의아해했다.

　저기 도착하려면 아직 멀었는데 시간이 많이 흘렀다.

　중간에 그만두지도 못하면서 그것이 정말 저기 있는지

　아직도 저기 있는지 확인하지도 않으면서

　기다림을 다른 것으로 변화시키는 방법을 찾지 못하는 동안 그림자가 길어지고 있었다.

　점점 지루해지고 있었다. 지루함의 끝에 무언가 있으리라고 기대하지 않게 되었고

저기 종이비행기가 날아간다 ─ 하고

아무도 장난치지 않는다는 것이 삭막하게 느껴졌다.
약간의 소동은 있었지만 한 사람의 오해로 끝나 금방 진화되었고
우리들의 줄 서기는 이후에도 계속되었으며
이미 식탁 앞에 다정하게 모여 앉은 발들은 무언가에 대해 수군거리고 있었다.

떠날 때 잊고 온 일들이 하나둘 생각나기 시작했다.

모션픽처

산책자가 해변을 따라 걷는 동안 서퍼는 보드 위에 엎드려 헤엄쳐 간다. 파도가 시작되는 순간 얼른 올라타 자세를 잡으려고 하자

금세 균형을 잃고 미끄러지고
그때 산책자도 모래 위에서 잠시 휘청거린다.

산책자는 발밑을 본다.

— 예전에 내가 여기서 구덩이를 파고 누워 있었지.

다시 보드를 밀고 나가는 서퍼의 검은 슈트가 반짝인다.
성공적으로 파도를 탈 때까지 그는 그만두지 않을 것이고
파도도 파도의 일을 멈추지 않을 것이며
그건 사람들이 모두 다 사라진 뒤에도 마찬가지.

산책자를 뒤따르던 발자국이 갑자기 끊어진다.
그 옆에 개의 흔적도 함께 끊어진다. 사뿐한 걸음이지만
마지막까지 움켜쥐려고 모래를 깊이 파고드는 개의 발톱.

날이 추운데 서퍼는 계속 파도를 탄다.

이번엔 2초
다음엔 3초
파도는 그를 물 위에서 자꾸 내친다.
아무리 올라타도 바다는 상관하지 않을 테지만 그는 파
도를 보내 주고 또 보내 주고
점프하려는 순간 뭔가 잡아당기는 듯 몸이 무거워져서
타이밍을 놓치게 되고
집중해야 할 건 지금 이 순간인데 자꾸 다음을 기다리고.

산책자는 끊어진 발자국을 자세히 들여다보고 있는 아
이를 본다.

— 뭘 그리 열심히 보니?

— 여기 혼자 왔어?

하고 묻는데 아이가 이미 저기 가고 있다. 아이가 지난 자리에 아이스크림이 거꾸로 박혀 있다.

비둘기 몇 마리가 날아오더니 아이스크림에 가까이 다가가지 못하고 다시 날아간다.

이것은 모두 바다의 일이고 아이는 방금 파도가 쓸어간 흔적에 대해 더 이상 관심이 없다.

그건 모래도 마찬가지.

그런 중에도 서퍼는 쉬지 않는다.

나중에 파도를 잘 탈 수 있게 되고

물방울 하나에도 올라탈 수 있을 만큼 익숙해지면 그 위에서 한 발로 서서 춤을 추고

공중회전을 하고

그런 날이 올까. 그런 날이 오겠지.

그러다가 그 옆에 나란히 파도를 타는 한 사람을 보고

반갑게 인사할 수도 있을 것이다.

　나중에 이불 속에서 그가 누구였는지 궁금해지겠지만.

　서퍼는 문득 자신이 파도 위에서 꽤 오래 버티고 있었다는 것을 알고 조금 놀란다.
　그러나 한편으론 원래부터 잘 탔었는지 모른다는 생각이 들고, 아니 정말 그랬던 것 같고,
　그 사실을 자신뿐 아니라 다른 사람도 알고 있지 않았을까 궁금해져서
　방금 자신을 보고 있던 한 사람이 어디 있는지 확인하려고 둘러보는데

　저기 모래 위에 아이와 손잡고 걷고 있는 사람이 있다.
　그들은 무척 다정해 보인다.
　오늘은 이만해야겠다고 생각하고 보드를 옆구리에 끼고 모래 위로 올라오는데

　산책자는 온몸이 젖은 듯이 춥다. 내일은 다시 멈췄던

걸음을 이을 수 있을지 모르겠지만

　개는 이미 늙어 버려서 따라오지 않을 것 같다.

　모래는 생각보다 단단해서 발이 조금 빠지는가 싶다가
도 금세 꽉 맞물려 틈을 허락하지 않는다.

　조금 더 무릎까지, 허리까지

　빠져들어도 괜찮은데.

　모래 위라고 너무 안심한 탓인지 발목을 삐끗해 한동안
바다를 가지 못하고 오래된 흑백 다큐를 돌려 본다.

　아무도 없는 바다 위에 한 사람을 올려놓고

　파도와 오래 싸우고 있다.

　느린 안구의 움직임만 방 안에 가득하다.

쳐다보는 쪽으로

꽃 모자를 만들어 썼어요.
삼단 케이크처럼 높은 꽃 모자를
색색의 꽃을 층층이 꽂아 목을 휘청이며 우린 걸어갈 거
예요. 갈대 다발로 된 튼튼한 목뼈 위에
웃는 머리를 실어 나릅니다.

아슬아슬 빛나는 미인이 될 거예요. 모자 위에 아름다
운 정원을 꾸미고 모자 위에 개를 키우고
아이들과 물장난하며 모자 위를 뛰어다닐 거예요.

쳐다보는 쪽으로

꽃잎을 뿌리며 갑니다.
죽은 새로 저글링하며*
머리로 북을 치고 귀에 나팔을 꽂고 지나갑니다. 나팔
끝에는 파리들이 붐비고 있어요. 빛나는 맨발로 돌밭을 걸
으며 오랜 순결을 학대할 겁니다.

구경하던 등들이 딱딱하게 굳어 가고 울던 아이는 목젖

만 남아 미아가 돼 떠돌고
　　한껏 부풀린 솜사탕은 묘지 옆에 꽃나무가 되어 서 있습니다.

　　모자는 뒷산을 엎지를지도 모르지만
　　미래의 식탁으로부터 모든 과일을 빼앗아 울퉁불퉁 이상한 모습으로 비대해질지 모르지만
　　꽃잎은 점차 시들고
　　벌들이 성가시게 눈구멍과 콧구멍을 들락거리겠지만

　　끝까지 미소를 지으며 걸어갑니다. 마을을 한참 지나쳐서 보이지 않을 때까지
　　뜨거운 햇볕이 내리쬐고
　　모자에 불이 붙고

　　모자는 우아하게 걸어갑니다.
　　그을린 머리들이 강물에 둥둥 떠다닙니다.

* 송승언.

더빙

누군가 손뼉을 치자 원산지가 다른 몇 개의 과일이 놓여 있다. 내 앞의 당신은 누구인가.
교정기를 낀 웃음이 다물어지지 않는다.

얼굴에 날아와 붙은 젖은 비닐을 떼려고 머리를 휘젓는 개

소리가 남극의 영상 위를 떠돈다. 결이 다른 여러 층의 바람
바람에 섞인 몇 방울의 피

나는 당신의 무음들을 구분할 수 있다.
검은색 무음 거친 입자들이 섞인 무음
맑은 유리 몇 장 떠가는 무음
수백 미터 상공으로 솟아오르는 눈발과 소리의 엉킴, 소용돌이치며 무수히 교차하는 의자들, 아무리 겹쳐 써도 두꺼워지지 않는 흑연의 글씨

누군가 뒷걸음질치며 버티고 있다.

나무뿌리처럼 손 벌린 의수가 공중에 떠간다. 어린 병사
가 눈 속에 쓰러진다. 외국어를 웅얼거리는 녹음기가 눈 속
에 묻혀 있다.

　　폭설을 감당하지 못하는 내레이션

　　동사하는 소년의 입술이 끝내 공중에 놓아주지 않던 몇
개의 낱말이 눈보라 속으로 흩어진다.

자세

그를 보러 물 밖으로 나가려고 하는데

그러려면 그 한 사람으로 누가 좋은지 물속에서 먼저 선택해야 하고

이 해변에 있는 많은 사람들 중 한 명을 고르기 위해 숫자를 세면서 천천히 일어났을 때

방금 누가 가라앉은 것 같다.

어쩌면 그 한 사람은 저 멀리 모래 위에 서 있는 키 큰 사람인지도 모르고

그는 이미 뒤에서 그를 보고 있는 사람이 누군지 안다는 듯이 이쪽으로 돌아서기 전부터

싱긋 웃는다.

멀리 떨어져 있는 두 사람 사이에

검은 정장을 입은 한 무리가 해수욕장을 가로질러 지나가는데 누구도 그들에게 관심이 없고

그것이 어떤 전조처럼 여겨지지는 않는다.

뜻밖의 두 시선이 정확히 마주치는 순간
모두 동작을 멈추고
그들이 무언가 기억해 내려는 것을
기다려 줄 것이지만
결국 아무것도 떠오르지 않는다.

어쩌면 이 타이밍은 두 사람을 위한 게 아닌지 모른다.

멀리 헤엄쳐 다른 곳으로 가는 동안에 해수욕장에 있던
많은 것들이 바뀌어 있다.
모래놀이 하던 아이들의 배치가 바뀌고
한쪽 끝에 몰려 있던 서핑족들이 모두 흩어졌으며
전경과 배경이 앞서거나 뒤로 물러나며 서로 순환하는데

누구의 중심도 아닌 모든 방향에서 바라보던 한 사람은
저 언덕 끝에 서 있다가 막 떠난다.

어쩌면 모든 것이 그의 계획이었던 것처럼 느껴지고

장애물이라고 여겨진 단 한 사람은 누구인지

그 한 사람으로 그를 선택한 이유는 무엇인지 궁금해
질 때 문득 모인 손가락을 편다.

다섯 개의 방향이 서로 다른 차원을 가리키고 있다.

해안선을 따라 차가운 연안류가 흘러들며 물 밑이 움직
이기 시작한다.

무작위로 누가 누구를 지목한다면
그에게 무슨 일이 일어날 거라고.

II
무수한 몸짓의
반복 속에서

에어 볼

　드문드문 앉거나 서서
　앞으로 뒤로 뒤로 앞으로
　둥글게 모여 있다가 우르르 손잡고 파도 쪽으로 몰려가
기도 하는
　삼삼오오 서로 엇갈리게 줄과 칸을 이루다가
　사지를 버둥거리는 찢어진 형태를 힘껏 물에 던져 버리는
　바다 위를 떠가는 길쭉한 동체를 오래 바라보는 동안 점
점 이쪽으로 다가오던 검고 미끈한 형상이

　모래에 이를 박으며 푹 쓰러지는

　백사장 위로 넓게 열린 공중은
　헤아릴 수 없이 많은 수증기들로 가득 차 있고
　각각의 수증기마다 몇 개의 서로 다른 세계가 빙빙 돌
며 빛을 반사할 때
　누군가 잠시 어지러운 듯 손차양을

　그동안에도 움직이는 점과 선들의 변화는 계속되고

모서리가 조금씩 이지러진 몸짓으로

점점 모이다가 다시 흩어지는 개체들의 자유로운 의지로서

성글어지고 촘촘해지고 어쩌다 하나로 뭉쳐지기도 하는

나중엔 어지러이 널린 반 토막 발자국으로만 남는

지금도 끝없이 형태와 배열을 바꾸는 저 해변의 추상을

오래 바라본다.

육지의 끝에 이르러서야 제멋대로 풀려나는 마음들의 부주의한 솟구침

튀어 오른 순간 어떤 언어적인 몸짓도 만들지 못하고 떨어지는 반복적인 파도의 오르내림

바람에 어지러이 머리가 물결치면서 공중으로 한 사람을 조금씩 끌고 가려는 알 수 없는 힘

밀물이 조금씩 가까워지는지도 모르고 누워 잠든 발끝을 햇빛이 살짝 깨무는 듯한 간지러움

엄지발가락의 반사적인 까딱임

그것들은 오랫동안 잊고 있던 움직임이고
몸이 기억하고 있던 낯설지 않은 쾌감

좀 더 분명한 것은

눈앞의 저 바다가 아닌 다른 곳에서
틀림없는 인과율과 흔들리지 않는 믿음과 예정된 시작
과 끝에 의해 순식간에 어떤 결정이 이루어졌다고
구체적인 얼굴이 나타났다 사라졌다고

누군가 잠결에 속삭였던 것 같고

누락된 기억
누적된 체념
오랫동안 파도에 지워져 이제 무늬만 남은 어떤 형태의
바라봄에 대해

수억 년을 이어져 온 대답처럼

가장자리가 너덜너덜한, 드넓은 무음으로 다가오고 멀어
지는데

방파제 끝의 한 사람이 양팔을 휘저으며 누군가를 부르
지만 이쪽 모래 위에선 아무도 돌아보지 않고
숫구치던 물방울만 그 소리를 녹음하고 떨어진다.

바다에는 메아리가 없고
떠나간 목소리는 지구 반대편 어딘가를 떠돌다 마침내
물속 깊이 가라앉고

그는 일어서서
주홍과 다홍을 따라
푸른과 푸름을 따라

걸어가며

조트로프

그는 가려진다 신호등 옆에 서 있는 그는 지나가는 대형 트레일러에 자꾸 가려진다 어제는 제8부두 오늘은 제7부두의 입구에서 연달아 지나가는 트레일러에 조금씩 지워진다 담배를 피우고 있는 그는

시계를 보면서 시계 속에서 어떤 기억을 꺼내고 있는 그는 트레일러와 트레일러 사이의 빛 속에 나타났다 나타나지 않는다 열리고 열리지 않는다 궁리하고 궁리하지 않다가 놓치고 머뭇거리고 짧아지고 다시 돌아와 그를 재생한다 잠시 공중에 머물렀던 담배 연기가 멈춘 자리에서 다시 떠난다

몇 가지 버릇 속에서 그를 꺼내 발끝에 굴려 보고 끊어진 장면을 이어 붙인다 조금씩 살아 움직인다 기회를 놓치지 않은 방관들이 정확한 틈에 들어차 있다 가려진 동안 누군가의 목을 조르고 있을지 모르는 그는 컨테이너 안 층층이 쌓인 냉동육 사이에 웅크리고 있을지 모르는 그는

그곳에서 이곳으로 건너오지 못한다 트레일러가 지나간다 멀리 휘어진 반환점들의 둘레를 돌아 부두의 세계로 들어가고 있다

동해

아이스크림을 핥겠다고 긴 혀를 출렁이며 따라갔지만 돌아본 사람은 엄마가 아니고 아이스크림은 다 녹아내렸다.

문을 열기 위해

손목이 늘어나도록 두 손을 펄럭이며 쫓아갔지만 문은 보이지 않고 같이 헤매고 있던 한 사람이 미로를 막 빠져 나갔다.

전봇대와 전봇대 사이로 빠져드는 수많은 골목에서

허름한 모퉁이를 돌아 계속 달아나는 어깨를 잡아 세우면 정면이 없는 사람

머리에 감은 붕대를 끝없이 풀고 있는 손

죽은 쥐를 거꾸로 들고 있는 단발머리 아이의 쭉 찢어진 눈 속에는 비누 거품이 떠내려가는 개울이 있고

빨래를 잡으러 달려 내려간 앞바다엔 잘게 부서진 빛들
만 가득

포크레인이 해변에 붉은 망루를 심으면 긴 팔다리의 나
부(裸婦)들이 모래에서 솟아나고

잃어버린 동전들이 약속처럼 날아와 골고루 박히고

아이들은 소리 없이 떠내려갈 것이다.

아무도 막을 수 없었다는 말을 잊어 갈 때쯤 그 여름의
찬란은 다시 시작되고

수행성

걷다 돌아서 지우고 걷다 돌아서 지우면 발 주위가 없는 것 밀고 당기고 당기고 밀어서 넘어지면 넘어지는 대로 기울어져 있는 것 무관해지는 것 모든 곳에서 모든 방향을 바라보고

방사형으로 갈라지는 것 뻗어 나가는 선들이 서로 겹치면서 까매지는 것 온통 덮어 버리는 것

그는 누워서 쓰기로 한다. 눈을 감고 쓰고 눈을 뜨고도 쓴다. 걸으면서 쓴 것을 버리고 앉아서 쓴 것도 버리고 의자와 의자 사이에 서서 쓴다. 그것은 애매한 자의식을 불러온다. 쓰고 지우고 쓰고 지운다. 두 줄 쓰고 세 줄을 지우는 행위만이 쓰는 일의 전부이고

그는 움직임을 쌓는다. 움직임을 나열하고 있다. 보폭과 보폭 사이에서 일어나는 변화를 그것을 관찰하는 일의 지난함을 다음으로 건너가기 위한 새로운 의욕들을 기다리면서

그의 글에서 몸짓의 궤적만을 남기기로 한다. 모든 문장

에서 냄새와 색깔을 지우고 감정도 지우고 안무가의 하염없는 발처럼 그 실루엣의 간격들이 서로 겹치고 부딪치고 흔들려 무수한 물결무늬를 이루는 것을 지켜보기로

그 외에 그는 아무것도 믿을 수 없어서 움직이는 굴곡을 따라 고이는 침묵을 몸에 부딪쳐 흩어지는 먼지를 그대로 서술하기로 서술자는 서술자의 위치를 지키는 것 외에 무엇을 할지 모르고 그저 백지 위에 동사들을 덧바르면서

다른 의미들이 들어설 수 없는 문장들로 글을 짓뭉개려고 그러나 위악적이거나 자학적이지는 않게 끝없는 자기모순 속에서 가만히 그 운율을 이해하고 따라가면서 하나의 동작이 기운을 다하면 서서히 그 자리를 물러나기를 반복하면서

그것은 일종의 태업이고 일종의 파업이기도 하고 그 속에서 그는 글쓰기의 자체적인 동력을 찾아보기로 빛에 반응하기로 문장 위에 무수한 주름과 발자국이 생기는 것을 바라보면서

선택의 안과 밖에서 망설임 그 자체를 흔적으로 남기기로 보이는 대로 보지 못하는 것을 보는 대로 보이지 않는 것을 보여 주고자 하는 대로 쓰지 못하는 것을 그대로 놓아두기로 그 모든 것에 대해 간절하지 않기로

그래 봤자 그것은 흔들리는 나뭇잎이나 밀려가는 물결에 지나지 않고 그리하여 그것은 겨우 그림자 쪽으로 기울어 가는 저녁의 어깨이거나 눈의 깜빡임이고 리듬에 맞춰 발목을 까닥이는 작은 기호에 불과할 뿐이라면서도 인파를 헤쳐 나올 때 입술에서 새어 나오던 작은 신음과 사물들의 건조한 진동을 온몸으로 느끼며 다만 주머니에 손을 넣고 걸어가는 한 사람의 좀체 낫지 않는 미열이라 할 것이지만

그들의 연쇄가 어디까지 이어질지 모르고 그것이 그의 문장을 계속 도달할 수 없게 하고 한없이 절룩거리게 할지라도 그러다 갑자기 밀린 잠이 쏟아져 며칠을 누워 있게 될지라도

그사이 스쳐 간 수많은 얼굴과 낡아 가는 건물 연기도 없이 고요히 추락하던 비행기가 물속에서 천천히 제 시간을 찾아가는 동안 표정으로도 질러 본 적 없는 자신의 괴성이 서서히 배 속에서 옅어지는 동안

그는 가만히 앉아 바라보겠지 눈앞에 펼쳐진 바다를 흐려진 구름을 바람이 오고간 모래 위의 무늬를 무늬가 무늬를 지우고 또 지우는 것을 모래는 너무 작아서 쓰러지고자 하지만 쓰러질 수 없고 모서리를 가질 수 없고 그늘조차 없어서

바깥의 진동을 제 몸 안에 모두 끌어안고 미세하게 떨리는데 그 안에서 모든 처음과 끝이 무수히 반복되고 있는데 더 없이 작아지고 작아지는데

바싹 마른 백사장에 빗방울이 후드득 떨어지고 그제야 모래는 심장을 꽉 움켜쥐었다.

끝없는 해변이 시작되려고 했다.

수많은 모서리로 이루어진 평면

이곳에서 그곳을 본다. 밝은 그곳에서 너는 무엇을 찾고 있다. 더 밝은 곳에 있어서 보이지 않는 것

너는 여기를 볼 수 없다. 그늘진 이곳에서 한 방향을 가리키는 손가락이 햇빛에 반쯤 드러나 있다. 손가락이 조금씩 휘고 있는데 너의 다리는 광장을 향해 길게 벌어진다. 광장에 둥글게 모인 사람들이 가운데 누운 것을 보고 있다.

한 다발의 그림자가 길게 늘어져 벽 뒤로 꺾인다.

누운 사람의 얼굴에는 수십 개의 빗금이 그어져 있다. 흰 망토에 고깔모자를 쓴 이교도들의 난해한 장난, 아무도 키득거리지 않는 한낮의 수수께끼와 종이로 만든 피

다리는 달려가고 있지만 제자리에 떠 있다. 벽은 수십 개의 아치형 창을 내고 컴컴한 실내로 발소리를 숨긴다.

손가락 끝을 보고 있는 사람은 내가 아닌 내 뒤의 사람, 내 뒤의 무수한 사람들이 손가락 뒤로 겹쳐 있다. 그들 대

부분은 가짜일 테지만.

지시하는 방향이 모호해지고 손가락이 점점 굽어지는
동안에도 너의 다리는 계속 벌어진다. 너는 아직 네게 가
까워지지 않았는데 이미 선명해진 네가 저기에 있다. 누워
있는 너에게 언제 도착할 수 있을지 너는 모른다. 흰 분필
로 달리는 그림자의 테두리를 그리는 아이

쇠를 가르는 불꽃이 정오의 정수리를 지나고

늦었다고 말하는 목소리를 들었다. 이미 지나치고 있었
는데 아직 멀었다고 했다. 지금이 아니면 만나지 못할 사람
이 거기 있었다.

구부정하고 초조한 빛

서로 꽉 껴안고 있어서 어디로도 가지 못한다.

팔이 다리를 감고 다리가 어깨를 감싸고 있다.

두 몸이 하나로 뭉쳐져 머리가 어느 가랑이 사이에 끼어 있는지 알지 못한다.

떨어진 책을 엎드려 줍지도 못한다.

껴안은 채 그냥 다른 이야기를 짓자. 우리가 모르는 다른 세상 이야기

껴안은 채 가슴 앞에서 채소를 키우고 개도 키우는 이야기

당신이 첫 문장을 시작하면 나는 다음 문장을 이으면서 함께 종종거리다

발이 엉겨 쓰러지기도 하면서.

겨우 일어나 보면 따로 떨어져 있어 깜짝 놀라겠지.

그러면 얼른 다시 부둥켜안자.

이 자세로 할 수 있는 모든 것을 하자.

서로의 체액을 흔들어도 좋다.

흔들다 지치면 햇빛 아래 쉬다가 어디론가 공처럼 굴러가도 좋다.

당신의 발로 내 얼굴을 씻고
내 손으로 당신의 구멍을 간질이면서
서로에게 남아 있는 여백을 비틀어 그곳에 작은 의자라
도 놓으면 좋을 것이다.

바람이 머물다 가고 새가 앉았다 가고
구름이 오고 비가 오고

물을 친다.
무엇으로든 친다.
간헐적인 깜빡임으로 우리의 맞붙은 심장 소리로
손가락을 뻗어 구름의 바닥을 칠 수 있다면 어디든 우
리 기별을 전할 수 있겠지.
먼 흙의 아가미가 부풀고
늦은 잠의 덧문이 들썩이고
살과 살 사이에 갇힌 비들이 웅성이며 범람하기 시작하면
묶여 있던 팔다리가 스르르 풀려나 어느새 물 사이를
헤엄쳐 다니면서

역재생

바닥의 공이 비스듬히 날아가 정확히
손바닥에 달라붙는다.
방금 무엇도 그의 손을 떠난 적 없었는데 그것은 공의
착각이었는지 모른다.

긴 산책로가 펼쳐져 있고 돌아가려고 뒤를 보면 그의 장
소는 모든 곳에 빛으로 뿌려져

밀려오고 밀려가는 파도는 거꾸로 반복해도 오가는 것
뿐 처음으로 돌아갈 수 없고
거꾸로 발음할수록 원래와 닮아 가는
어떤 이름

그의 손엔 오래전 아침을 시작한 다섯 개의 물방울이 쥐
여져 있었는데

전생에 갇혀 빠져나올 수 없는, 터질 듯한 표면 안에서
다급히 창을 두드리는 손이 보이고
확장된 물방울 속으로 구불구불한 길이 빨려 들어간다.

그 길을 한 사람이 걷고 있고 이어서 다른 한 사람이 따라 들어가는데

그가 시공을 너무 앞서 오는 바람에 먼저 걸어간 자신을 앞질러 버릴지 모른다는 생각이 든다.

그에게 묻고 싶었던 말을
끝내 하지 않고

모래를 터는 사람

막 후회를 시작하려던 참이었다.
돌아보지 않았다면 휘슬이 들리지 않았을까.
소리가 오는 것을 막을 수 없었으므로 후회를 시작할 수가 없었다.

이어폰을 꽂고 뒤로 걸으며 조깅하는 사람이 있었고 사방으로 마구 달아나는 아이들이 있었는데
산만함 속에서도 개별적인 움직임은 뭉툭하고 느렸다.
잘 지워지지 않았다.

해수욕장이 열리려고 했다.
진행 요원들이 해변의 흐름을 바꾸어 놓고 있었다.
유니폼이 하나로 겹쳐졌다가 여럿으로 갈라져 나가고 쌓여 있던 의자들이 하나씩 내려져 수평 이동했다.

고정할 수 없는 것을 고정하려는 사람은 구석에서 잘 보이지 않았다.

그들과 교차하며 공이 날아갔고 개 한 마리가 물속으로

뛰어 들었는데 개가 공을 물고 나온 후에도 한 사람의 투구 자세는 오래 멈춰 있었다.

나중에 그는 무엇을 던질지 생각하는 사람이 되었다.

개 말고 다른 것이 뛰어들지도 모르니 던지고 나서 신중해야겠다고 생각했다.

일어선 파도가 사람들을 쏟아 내며 구르게 만들었다.
한 사람은 방금 생각하고 있던 것을 잊어버렸다. 개는 털이 말라 엎드려 있었고
그 개는 바다에 들어간 적이 없었다.
옆에 앉은 한 사람은 아무것도 하지 않았는데 그것은 의외로 오래 고민한 결과였다.

또 한 사람이 갑자기 벌떡 일어섰다 자리에 앉았고
그때 무슨 일이 일어난 것인지 알 뻔했다.

파도를 안고 앞으로 들어갔다.

계속 커지는 게 무엇인지 생각하며 걸어갔는데 문득 땅
에 발이 닿지 않는 것을 느꼈다.

로프에 걸린 발을 흔드는 동안 물속의 연속 동작은 부드
럽고 조용했다.

빠른 유속에서도 발을 껑충거리며 균형을 유지하는 방
법을 알고 있어서 모두 즐거운 듯 허우적거렸고

아무도 물속에 거꾸로 박히지 않았다.

공간의 틈으로 파고 들었다.

공기방울이 잠긴 몸들을 어지러이 감쌌다.

자신의 위치를 정하지 않고도 불안하지 않았는데 각자
의 방향으로 나아가기 전에 아주 잠깐 멈출 뿐이었다.

충동과 반응의 시간차 속에서

충동이 어떤 저항을 넘어 반응과 한 몸이 되었다가 점
점 주도적으로 몸을 리드하기 시작할 때

그대로 움직임의 연속으로 이어지기를 바라면서도 자신
의 눈빛으로 제어했다.

제어된 것은 물속에 소용돌이로 남았다.

변화하는 외부의 풍경을 멀리서 바라보았다.

머리를 다시 묶는 것이나 돗자리 위로 올라온 모래를 터는 것은 자연스러워 보였다. 흔한 동작이었지만

이 구도가 그대로 재연된 적 있는 다른 공간에서 그것이 아주 다른 의미였던 것을 떠올렸다.

무수한 몸짓의 반복 속에서

한 사람의 자리가 점점 짙어지고 있었고 나머지는 백색에 가까워졌다.

감은 눈 사이로 공이 굴러 들어왔는데

누가 잘못 던졌을까

이것은 비유인가 생각하면서

걷던 방향으로 다시 걷기 시작했다. 해변의 영역에서 벗어나 다른 생활로 들어왔을 때

거기서부터 또 다른 지시문이 기다리고 있었다.

걸고 걸리는 것을

서 있었다 걸었는데 걸려 넘어졌다 넘어지면서 도로 걸었다 걸고 걸리는 것이 이어지는 동안 계속 걸리기 위해 서로가 옆을 지키리란 것을 믿게 되었다 걸리지 않으면 허전했고 걸리는 것을 주기적으로 하고 싶었고 그래서 발목을 깨끗이 길렀다 문제 삼으면 모든 게 문제가 되었다 속임수가 필요했고 기어이 속아 주었다 넘어지는 소리가 음악처럼 들렸다 그 사이에 의자라도 놓으면서 쉬었다 다시 걸리고 싶었고 무릎이 깨져 나가는 것을 무슨 예술인 것처럼 했다 바닥에 무늬를 찍었다 받치려고 했는데 받치기 전에 먼저 쓰러졌다 받쳐지면 더 멀리서 찍고 찍힐 것이었다 깊이 떨어지길 바랐다 잡아당기고 끌어오는 것이 다리가 아니고 더 신선한 체념이길 바랐다 줄지어 매달려 오는 것이 의심에 꿰인 찢어진 웃음이길 바랐다 미늘이 미늘에 걸려 반짝이며 물 밖으로 올라왔다 씻기고 남은 멍이 나무 위에 걸려 있었다 더러 지워지거나 번지고 있었는데 그래서 더 가까이 다가가 보게 되는 무늬가 있었다 막으면 막은 곳으로 몰려오는 것들이 싫지 않았다

밤을 길게 땋아 가는 우리는

너는 웃는다. 발끝까지 자란 긴 머리를 가슴 앞으로 끌
어와 안고 손가락으로 끝없이 빗질하며
　반짝임은 이곳에 남고 웃음소리는 멀어진다.

　무언가 자라고 있다.
　무언가의 끝이 보이기도 하고 보이지 않기도 한다.
　불탄 거문고를 끌어안고 쓰다듬는다. 새끼 밴 검은 염소
를 끌어안고 쓰다듬는다.
　물에 빠져 죽은 아이를 끌어안고 몸에 꽃잎을 하나씩
이어 붙인다.

　이곳에서 저곳으로 까르르 웃을 때 저곳에서 이곳으로
나비가 날고 옷자락에서 긴 지네가 나와 어디론가 사라진다.

　너는 머릴 땋는다.
　머리카락을 들락날락하는 손가락 희고 검은 손가락이
있다.
　세 가닥의 운율 세 가닥의 골목길 세 가닥의 가시울타
리가 있다.

하나는 네 목소리이고 하나는 내 다리이고 나머지는 저 불빛의 간헐적인 깜빡임

우리는 어떻게 엮일 수 있을까. 어떻게 하면 머리를 곱게 늘어뜨리고 함께 소풍을 갈 수 있을까.
손잡고 뜀을 뛰며 이곳에서 멀리

네 표정이 어두워진다.
땋은 머리가 조금 느슨해지고 자칫 한 자락을 놓칠 것 같다.
무엇을 엮든 이 마른 빵 부스러기와 함께
저기 쓰러진 빗자루와 읽지 않은 책들과 핏물이 뚝뚝 흐르는 날고기와 함께
긴 머리 사이에 하나씩 끼워 넣어 문을 타 넘고 울타리를 타 넘고

엎드린 개가 일어나 컹컹 짖는다.
무한정 뻗어 가는 머리카락 위에 이끼가 덮이고 고사리가 자라고 숲이 우거진다.

오래 잊힐 것이다. 갑자기 늙어 버릴 것이다.

넝쿨을 따라 들어간 개는 숲에서 영영 나오지 않을 것이다.

양팔로 끝없이 고리를 만들며 춤을 춘다.

누군가 이 사이로 머릴 밀고 들어오길

올무에 갇혀서 숨이 막히길

그리고 그가 다시 한 팔을 빌려주길

이 이상한 놀이가 영원히 끝나지 않기를.

한없이 다른 몸을 잇대고 또 잇대며 우리는 춤을 추고

네 머리카락 속에서 끝없이 손가락이 태어난다.

방을 가득 채운 머리카락으로 몸을 한 바퀴 감쌀 때 흰

살결이 머리카락 사이로 조금씩 비친다.

우리는 계속 뒤를 보며 앞으로 달아난다.

이곳에서 저곳으로 건너가는 동안 끝없이 엇갈리며

밤을 길게 땋아 가는 우리는

기다리는 마음

자루를 벌려 잡고 있으라 하고 창고로 들어간 사람이 나오지 않는다.

처마를 받치고 서 있으라 하고

젖은 빨래를 펼쳐들고 다 마르도록 옥상에 서 있으라 하고

지붕 위로 구름은 몰려드는데

그 큰 강을 끌고
그 많은 들판을 다 지고 그가 돌아올 때까지

크고 작은 쭉정이들을 골라내느라 후후 불어 고스란해진 저녁이 오고

자루 끝을 잡고 서 있지 않고
자루 속에 앉아 쉬는 사람

멀리 안개가 밀려오는데
아픈 아이에게 저 잿더미 속으로 걸어 들어가 신을 찾
아 신고 나오라고 등 떠미는 꿈

명아주 가득한 학교 소각장에서 저물도록 피어오르는
연기

때를 넘긴 약속이 마른 옥수수대로 서 있는 그곳에
늦은 산책을 다녀오는 사람처럼

눈 속의 무심한 들을 다 보여 준 뒤
지금까지 기다린 사람에게
이제 그만 가시면 좋겠다고

만나면 세워 두는 사람으로

초원의 집

물속에 얼굴을 반쯤 넣고 충혈된 눈을 뜨면
박혔던 가시가 빠지면서 서서히 아래로 내려간다.
깊고 고요한 어둠 속으로
천천히 빛을 잃으며 가라앉는다.
손톱이었다가
잠자리 날개였다가
다시 유리조각으로 바뀌며 빙글빙글 도는

마지막 순간에 회전을 멈추지 않는 무용수의
흰 발처럼

물 아래 초록 지붕이 보이고 그것은 어쩐지 낯설지 않은
풍경
　양 한 마리가 놀고 있는 초원의 집
　울타리의 장미들은 모두 창 안쪽을 향하고
　흰 커튼으로 반쯤 가려진 실내엔
　아무도 앉지 않는 흔들의자가

밝은 부엌엔 정돈된 식기가 있고

가축을 죽여 켜켜이 쌓아 둔 냉동실엔
없는 머리를 모로 뉜 소 돼지 닭들

그리고 궁전 장식의 방엔 놀고 있는 두 아이가 있다.

동생의 목을 조르면 이상하게 웃지 않는다.
아이스크림을 퍼먹던 숟가락이 휘어져 있고
벽장엔 크고 작은 트렁크
액자 속엔 수많은 액자 그림이 숨바꼭질을 한다.

왼쪽 눈은 오른쪽 눈의 무늬를 끝까지 보지 못하고
평생 서로를 모르는 쌍둥이처럼 살아가지.

가시가 사라진 홍채에 어디에도 없는
새로운 지도를 새기고서

나타나는 사람

누군가 걸어오고 있었다.

소실점 끝에서 점점 커지면서 걸어오는 모습이 어딘가 낯익었다.

정면을 본 적은 없지만 그가 누구인지 알 것 같았다.

예전에 비슷한 모습으로 거울 속을 스쳐 간 적이 있었는데 이상하게 오래 기억에 남았다.

그가 가까이 다가왔을 때 그림자들끼리 서로의 모서리를 해하려는 것 같았지만 실제로는 아무 일도 일어나지 않았다.

지나간 후에도 그 기분에서 오래 헤어나지 못했는데

그가 보는 것을 느끼며 먹고 있던 걸 끝까지 먹었고 그에게 잘 보이는 각도에서 연인과 입맞춤을 했으며 웃으면 이가 낱낱이 보이는 환한 곳에서 평소보다 더 긴 웃음을 웃었으니

그것은 바라보는 사람이나 보여지는 사람이나 조금은 다른 경험이었다.

문을 조금 열어 두고 할 수 있는 일은 또 무엇이 있을까 생각해 보기도 했다.

또다시 누군가 걸어오고 있었다.

점점 다가오는 그 사람은 이쪽을 계속 쳐다보면서 오고 있었다.

아는 사람인가 하고 보았지만 그렇지 않았다.

아는 사람이 아니라면 왜 그리 오래 보고 있었을까.

기억을 떠올리려고 하는데 그는 순식간에 내 동공 안의 숲을 통과해 지나갔고

어느 푸른 들판이 펼쳐진 배경 속에 서 있는 그에게서 한참을 눈을 떼지 못했는데

그러고 나서 얼마 후에 그를 까맣게 잊어버렸다.

어느 날 또 어느 거리에서 마주쳤을 때

아는 사람은 아니지만 어디서 본 것처럼 여겨지고

그것이 끝없이 반복될 것이라는 것을 곧 알게 되었다.

좁고 조용한 길인데

한 사람이 걸어오다가 나를 보더니 갑자기 뒤돌아갔다.

돌아서는 모습이 이상해서 그의 느린 동작이 그리는 곡

선이 기억에 남았다.

　그는 왜 갑자기 돌아섰을까.

　어쩌면 내가 아닌 내 옆 사람을 보고 돌아선 것인지 모르는데

　어쩌면 우리와 상관없는 급한 용무가 갑자기 떠올랐는지도 모르는데

　사실은 어디든 늘 끝까지 가지 못하고 가다가 돌아서곤 하는 사람일 수도 있겠지.

　그래서 우리는 언제 다시 만날 수 있을까 궁금했지만

　한참 후에 우연히 그 일이 생각났을 때 그게 나와 무슨 상관인가 하고 시큰둥해졌다.

　맞은편에서 누가 걸어오고 있었다.

　팔을 거의 흔들지 않고 구부정하게 걸어오는 모습이

　아는 사람 같았다.

　그는 언제나 저런 모습으로 걸어 다닌다.

　그가 점점 다가오는 동안 저 사람이 바로 내가 알고 있는 그 사람이길 바라는 마음이 커지고 있었다.

　그는 그 사람이 될 가능성을 위해 다른 가능성들을 하

나씩 물리치면서 곧장 걸어오고 있었다.

　무언가를 증명하려는 듯이.

　모자를 눌러쓰고 오다가도 그는 가까이에서 모자를 벗을 것 같았고 만일 그가 아는 사람이 아니라면 최대한 그의 흉내를 낼 것 같았고

　그럴 리 없겠지만 내가 아는 그였던 기억을 떠올리면서 이제 더 이상 그 사람이고 싶지 않은 모습으로 조금 일그러진 채 오고 있을지 모르고

　그런 그를 내가 알아보고 실망한 채 그러나 그것을 드러내지는 않고 태연하게 지나칠지도 모를 일이고

　이런저런 생각이 스치는 가운데 우리가 거의 가까워졌을 때

　그는 바로 앞의 샛길로 빠져 버렸는데.

옮기는 사람

일단 옮기기로 한다 옮기는 것을 멈추지 않는 것만이 질
문을 멈출 수 있다고 생각하고 무작정 들다가 발등을 찧기
도 한다 발등이 부어오르는 것은 다른 차원의 문제 그것을
관찰하고 그것으로 인해 차오르고 하나의 구간이 되어 굳
어 가는 것

다시 옮기는 것을 계속할 수 있을까 무엇을 옮기는지 어
디로 옮기는지는 중요하지 않다 두 사람이 옮기거나 세 사
람이 옮기면 덜 외로울 텐데 두 사람 위에 한 사람이 가마
처럼 올라타도 좋을 것이다 한 사람은 머리에 큰 깃털을
꽂고 있어도 좋을 것이다 옮기는 자세 옮기는 리듬과 함께
세 사람이 장롱 속으로 그대로 들어가도 좋을 것이다 그
안에서 어떤 노래도 우물거리지 말길 사나흘 후에 그 형태
그대로 우물 속에 빠뜨리거나 땅에 심어도 되겠지 자고 일
어나 파 보면 기마 자세를 한 얼굴 한쪽에 움이 트는 걸 발
견할지 모른다

멈추면 희미해질까 봐 계속 옮긴다 옮긴 자리에 동그라
미 표시를 한다 자를 들고 다니면서 정확한 간격으로 옮긴

다 다음 날 그 자리로 돌아와 그늘까지 번쩍 들어 옮긴다 그러면 그것은 동전의 뒷면 같은 것을 두고 다음으로 건너가지

　모르는 사이에 뿌리가 제법 자라 있다 여보세요 여기서 이러시면 안 됩니다 기대 앉지 마세요 일어나서 똑바로 걸으세요 그런 말은 어디선가 들어 본 것 같다 이유 따위는 없다 묻지 않으니 대답해 본 적도 없다 계속되는 실패를 쌓아 갈 뿐 지나온 흔적이 어떤 궤도를 그리고 있는지 알려 하지 않는다

　옮기는 사람을 옮긴다 옮기는 사람은 언제 다 옮겨지나 옮기는 동작은 언제 완성될 것인가 팔을 뻗은 채 얼마를 가서 허리를 숙이고 무릎을 굽힌 후 들 것인지 허리를 숙이고 무릎을 굽힌 상태로 얼마를 가서 팔을 뻗을 것인지 한 번씩 헷갈리고 아무것도 아닌 이 순서, 자동인지 반자동인지 온전한지 온당한지 알 수 없는 알려 하지 않는 이 동작의 구성 집합 충동 억제 흔들림 연속 반복 정지…… 그런 것만이 문제이다

속도가 느려진다 속도가 느려지는 것을 어쩔 수 없다 어쩌려고 하지 않는다 고개를 숙이고 쭈그리고 앉아 있다 어떤 감정이 밀려오는 것을 이기지 못하고 어깨가 점점 무거워져서

참여자들

모두 웃음에 동참했다.

그들의 만족이 넓게 펼쳐져 있었다.

손을 엑스자로 가슴에 모으고 웃었다.

손날을 만들어 아래로 길게 뻗으면서도 웃었다.

서로의 어깨를 잡고 웃자 웃음이 주렁주렁 매달려 사방
에 늘어졌다.

아무도 방 안을 가득 채운 기분을 깨뜨리지 않았다.

번져 가고 있었다.

문을 닫으면 그 방은 꽉 낀 비밀로 오갈 데가 없어질 것
이다.

어둔 마당의 정원수 아래 거미줄에 감겨 빠져나올 수 없
는 한 사람이 있었고

단단하고 미끄러운 표면이 물질을 에워싸 빛을 하나씩
뱉어 냈다.

한 손은 풍선 줄을 잡고 다른 손은 비할 데 없는 무게로
늘어져 문밖으로 흘렀다.

풍선의 숨을 조금씩 나누어 먹었다.

풍선에게 밤을 가르치는 동안 밖에는 마른 개들이 사슬에 묶여 형광빛 눈을 번뜩였다.

누군가 어둔 복도 끝에서 풍선 속에 머리를 욱여넣으려 했고
잠시 후 상반신이 거의 삼켜지고 있었다.

통통 튀어 돌아가는 사람이 있었다.
식탁 아래 구슬을 하나씩 흘리며 아침을 기다렸다.
옆에는 창문을 자르던 톱이 버려져 있고 어디에도 기록되지 않은 기근이 창밖을 서성이는데
꽃과 나무는 시들고 바람엔 깨진 거울이 섞여 흘렀다.

계획이 무산됐다.
전등이 꺼지고 지하의 파이프가 방향을 바꿔 여러 갈래로 뻗어 가고 옥외 계단이 빙빙 돌며 건물을 옥죄는 동안
사람들이 하나둘 빠져나갔다.

도처에 희미한 맥박 소리만 남았다.

돌멩이를 하나씩 놓고 사라졌다.
어금니를 뽑아 놓고 간 사람도 있었다.
멀리 큰 물가를 향해 한쪽 귀를 두드리며 걸어갔다.

멍든 자두를 입에 물고 있었다.

어제를 부르러 나간 뒤에

바깥으로 돌라고 하자 각자 다른 방향으로 돈다.
바깥은 어디인가.
들고 있는 팔을 기준으로 보면
팔꿈치 쪽
바깥을 계속 바깥쪽으로 넘겨 주어야 회전할 수 있지.

여린 물결무늬가 남아 있는 거기
늘 누군가 서성이고 수군대고 있던 거기

바깥이 어딘지 알지도 못하면서
빙빙 돌자
안이 벌어지면서 바깥이 되고

바깥은

회전하면서 뿌리친 손끝이 겨우 닿을락 말락 한
바람의 솜털이 느껴질락 말락 한
저기 웅크린 밤그림자의 머리털 부근
어둠의 넓은 미간이 아주 조금씩 움직이는 저 가지와

가지의 텅 빈 사이
　　네 창 안을 힐끗 들여다보고 간 누군가의
　　눈 흰자위 맨 가장자리쯤

　　돌고 있는 어깨들의 너머를 조금씩 스치는 것

　　그들도 모르는 사이 가까워지거나 멀어지기도 하면서
　　어쩌면 조금 미리 오거나 많이 늦게 온
　　그것이 좋은 소식인 적 없던 걸 아는 한 사람의 등에 웃
음이 가시고

　　뒤로 펼쳐진 흔들리는 숲에
　　유일하게 멈춰 있는 것을 알아본다.
　　그것은

　　어쩌면 돌
　　어쩌면 고라니
　　어쩌면 그때 죽은 몇몇 아는 얼굴들

그들과 함께

옛집 마당에 큰솥을 걸고 웅성이며 고기 삶는 냄새
아궁이 주위를 뛰어다니는 아이들
사촌의 옷에 옮겨붙은 불꽃과 사방에 날아오르는 불티

앉은 자리마다 쌓여 있는 뼈
늦게까지 끝나지 않는 놀음판의 욕지기들

놀러 나간 아이는 돌아오지 않고

기름 번들거리는 입으로 농을 나누고 울고 웃다가
풀밭 사이로 난 좁고 긴 흙길을 걸어
잊힌 미래의 생가 쪽으로

너무 일찍 늙어 버린 사람들의 몸에서 나는
재 냄새 개 냄새들

그리고 그 냄새에 진저리치며 온몸을 비트는 숲

맨몸으로 쫓겨난 소녀의 살갗에
들러붙는 이슬 젖은 풀잎들

그들은 각자의 실감 속에서 오한이 들었지만
예감을 애써 누르며 고성방가를 하며
집으로

비약과 억측이 끝없이 솟아오르고 가라앉는 것을 가만
히 지켜보면서
다음 날 아침 빈 들을 바라보고 서 있는 한 사람의
잡초 무성한 마당
부러진 나뭇가지를 밟으며 햇빛 아래로 걸어 나가는

저 터진 바깥

해협

안개가 해변을 훑고 지나간다.

작고 오래된 놀이공원에서 와와하는 소리가 들리다가 들리지 않는다. 음악 소리도, 전구의 반짝임도, 놀이기구 앞에 길게 줄을 서던 사람들의 형체도

안개와 함께 느린 바람에 밀려간다.

아이들의 웃음소리도 들리지 않고 솜사탕을 들고 있던 손에는 빈 막대만 남아 있다.

입구를 걸어 잠근 놀이공원엔 쥐와 고양이만 오가고

어린 연인들은 어둠 속에서 불빛을 반짝인다.

소금기 섞인 습한 바람에 녹슨 기구들

붉게 부식되어 가는 대관람차 꼭대기에서 바람에 삐걱 이며 떠 있는 부스는 본다.

지난날 한 사람이 보았던 것.

대교 위에 멈춰 서 있는 차들, 오가는 유람선들

해변을 걷는 사람과

구경하는 이 없는 버스커가 혼자 부르는 노래

그리고 그런 흔한 해변의 풍경들 말고도 그가 보았던 것.

비 오고 눈 오는 날에도 태풍이 다가오고 있는 동안에도 대관람차 꼭대기에서 부연 유리창으로 보고 있던 것.

계절이 바뀌고 해류의 방향이 달라지고 있지만 아무도 바다의 움직임을 알아채지 못하고

밤이 되자 빠른 물살에 휩쓸리듯 모두 빠져나간 후 해변에는 컴컴한 유원지만 남는다.

오래전 멈춘 대관람차를 탄 한 사람은 그런 밤이 너무 익숙하고,

더 이상 회전하지 않는 정물들의 위치, 그 주위를 움직이는 유람선과 차들의 궤도,

길과 길 아닌 곳을 흘러 다니는 사람들, 주기적으로 가까워지고 멀어지는 별들,

그리고 밝아지고 어두워지는 빌딩의 표면에 대해

그 모든 것이 뒤섞여 어지러이 변화하는 중에도 알 수 없는 질서를 따라 움직이는 것들을 보는 데 익숙하고,

그동안 바다는 새로운 물결을 이뤄 수많은 플랑크톤과
물고기들을 데리고 북상하다 어느 물굽이에선 그들을 흩트
리고 다시 다른 무리들을 불러 모아 이 자리로 돌아오고,

그때도 대관람차는 물과 뭍을 오가는 새들의 집이 되어
그대로 있다.

꼭대기의 한 사람은

어린아이가 어른이 되고 어른이 어린아이가 되어 유모
차를 타고 다시 여기를 찾아올 때까지
무언가를 기다리는 듯 삐걱이면서 바다를 바라보는데

III
우리가 동시에
여기 있다는 소문

휴식

철새 떼가 먼 하늘에서 내려와 앉으려는 순간 저수지 물
이 순식간에 말라 버리고
선두의 새 몇 마리가 바닥에 내동댕이쳐진다.

뒤따르던 새들은 다시 급상승해 공중으로 떠오르는데

이어지는 잿빛 무리들의 긴 코너링

저수지 바닥엔 깃털 몇 나뒹굴고
불시착한 계절이 바람에 실려 갈대숲 위로 밀려가고

거대한 착각처럼 지구 반대쪽에선
때 이른 첫눈이 시작되는 중

한 사람이 도착하려고 한다.

균형을 잃기 직전의 의자가 잠시 침착해지려는
순간의 표정

수영장

선베드 위에 엎드려 있던 사람이 조금 전에 일어선 줄 알았는데 아직 엎드려 있다. 방금 전에도 일어설 것 같은 기분이 들었고 그의 등에서 분명 그런 낌새를 읽었는데 그는 내 감각을 비웃듯 좀체 일어서지 않는다. 일어나라 일어나라 주문을 외워도 그는 일어서지 않고

자세히 보니 그는 엎드린 게 아니다. 지금 보고 있는 것은 앞모습이지만 예측이 틀렸다기보다 이전의 다른 등을 보고 그랬다는 생각이 든다.

물속으로 깊이 잠수하며 지나간 한 사람이 너무 오랫동안 나오지 않아 좀 전에 지나간 검은 것이 사람이 아니었나 생각하는 사이 일어난 일이고 그 후로도 다른 예측을 할 수 있었지만 계속 실패할 것 같아 그만두기로 한다.

물에서 무언가 올라오기 직전에 수면이 잠시 경련을 일으켰는데 그건 나의 기대감 때문이었는지 모르고 착각이 반복되면 그것이 계속 물에 잠겨 올라오지 못할 것이라는 생각에 시선을 돌리기로 한다.

다시 엎드린 사람을 보니 엎드린 사람은 가고 없고 그 자리에 다른 사람이 막 앉으려고 한다. 그런데 앉으려는 동안이 너무 길어서 그사이에 여러 사람이 그 자리에 앉았다가고 앉으려는 사람은 앉는 일에 온통 몰두하는 중.

그 자리에 먼저 앉아 있는 사람에게 그가 지금 앉으려고 마음먹는 것은 방해가 되지 않는다. 그것은 단지 앉으려는 과정일 뿐이고 아직 완전히 실천에 옮기지 않은 계획에 불과하고 또한 끝까지 앉기 전에는 언제든지 어긋날 가능성이 남아 있기 때문.

앉았던 그가 일어서려는 동안도 길어서 그의 생각은 이미 로커룸에서 막 옷을 입고 나가려 한다. 그래도 개의치 않는다는 듯이 그는 좀 더 천천히 일어서겠지만 그는 그의 생각이 움직인 순서대로 몸이 따라갈 수 있을지 의문이 들고

만일 그렇지 못하더라도 아무 상관없다. 지금까지 늘 그

래 왔고 그의 몸이 그의 생각보다 느린 게 불편하긴 하지만 그의 말은 그것보다 더 느려서 어차피 모두 같이 가기는 힘들 것이다. 그보다 저기서 그를 보고 있는 한 사람이 그가 아닌 한참 후의 누군가를 보고 있는 것이 재미있다.

앉았다 일어서는 사람을 지켜보다가는 하루가 다 갈 것 같아 준비운동을 하는데 높은 감시탑에 앉아 있는 안전 요원이 호각을 분다. 무슨 일인가 싶어 모두 두리번거리지만 안전 요원은 그냥 한번 불어 본 것이라는 듯 가만히 있다. 모두 너무 안전해서 그에게 딱히 할 일이 없었기 때문인 것 같고

사람들은 잠시 움직임을 멈췄던 위치에서 하던 동작을 이어 간다. 호각 소리는 한 사람만 제외하고 모두 들었고 그는 자신이 헤엄치는 포즈에 취한 듯 움직임을 멈출 생각이 없다.

수면 아래의 철제 계단이 완연히 꺾여 있다.

다시 수영을 해 볼까 하는데 수영 금지라고 적힌 입간판이 입구에 서 있다. 이제 보니 집으로 가는 길에 늘 보던 목욕탕 안이고 늦은 밤이라 사람이 거의 없다. 커다란 냉탕은 언제나 들어갈 엄두를 못 내고 바라만 보는데 냉탕과 온탕을 번갈아 오가던 한 사람만 오래 물속에 잠겨 있다. 참 부지런한 사람이다.

돌자루와 고기자루와 낙엽자루와

들고 나를 수 있는 집 들고 나를 수 있는 울음 들고 나를 수 있는 흙바닥에 뒹구는 거인의 머리들. 조금 옮기다 얼마 못 가 쉬고 잘못 옮겨 제자리로 돌아오고 질질 끌고 가다 쓸어 담은 비애의 내장이 다 쏟아져 나오고. 늙은 살덩이를 한 더미의 살비듬을 한 수레의 터럭들을

기른 것을 버린 것을 두들겨 팬 것을

엷은 바람 수면 위로 밀리고 흰 눈썹 세상 끝으로 하나둘 흩날리고 네 마른 발목을 사나흘 푹 우리는 동안

우물 속으로
잿더미 속으로
돌자루 고기자루 낙엽자루 속으로
상체를 반쯤 파묻어 다리를 쳐들고 버둥거리며

낯익은 문패와 개 밥그릇과 작은 바늘 찾아 헤매고. 꽂힌 몸 들어 올려 바닥에 뉘면 구멍마다 들어찬 것을 푸푸 불어 내며 한참이나 입을 다물지 못하고

들통을 쓰고 길을 나선다 걷다 부딪치면 방향을 바꿔
다시 걸으며

소극장

홀은 아직 비어 있다.

오는 것이 밀려 있다.

이미 시작된 기다림을 더 미룰 수 없고
당길 수도 없지만
모두 다 오고 난 후에도
가장 나중에 도착하는 의자를 위해

가만히 발을 모은다. 모서리에 부딪힐 새 명을 위해
둥근 무릎도 두 개
가장 높이 솟은 어깨는 누가 뒤에서 반갑게 인사하면
쩍 갈라질 것이다.

누군가 앉으면 그때부터 생겨나는 의자
엉덩이와 등받침
작은 팔걸이가 있는 갈색 가죽 쿠션

조명을 초대해 놓고

화환을 초대해 놓고
무엇이 시작되고 끝나는지

의자가 언제 도착하는지도 모르고

돌이킬 수 없는 결정 앞에
더 밝고 높은 단상이 놓여 있다.

누군가 한참 말을 이어 가는 동안
창밖 풍경을 바라보면

의자보다 빠른 새가

출발

앉아 있는 한 사람으로부터 한 사람이 빠져나갔는데 그는 어제 나갔던 사람이고 다시 보니 아직 다 나가지 않은 모양

자는 동안 출발한 한 사람은 지금쯤 알 수 없는 곳으로 발이 푹푹 빠지며 가고 있겠지만

또 한 사람이 나가려다 돌아보며 무슨 말인가 하려다 그냥 간다.

아무도 데리고 가지 않았는데 거의 남아 있지 않고 목적지에는 누구도 도착하지 않는다.

끝나지 않은 출발로부터 뒤가 무수히 벗겨진 한 사람은 방금 자신을 놓아준 바닥이 다시 잠잠해진 것을 본다.

낯익은 의자들이 바닥에 물려 있다.

조금 가벼운 듯 몇 가지 동작을 해 본다. 커튼을 열고

옆구리를 쭉 펴기도 하는데

　옆에서 나온 수많은 옆들이 동시에 팔을 뻗으며 스트레
칭을

　유리병 속엔 아직 채집되지 않은 뒤꿈치가 가득하고

　돌아보면
　여태 출발하지 않은 한 사람이
　턱을 괴고 앉아 있다.

계단이 많은 실내

네게 가는 도중에 너 비슷한 사람을 본다. 그는 그 비슷한 사람들과 모여 속삭이다 금방 헤어지는데
　그중 한 사람이 나라는 생각은 들지 않는다.

여러 개의 복층으로 이루어진 높은 천장 아래
　서로 다른 모양의 계단과 크고 작은 복도가 하나의 단면으로 읽혀지는 순간의 너의 위치

너는 동쪽 계단을 내려가고 나는 북쪽 계단을 올라와 우리가 만나기 직전일 때
　계단의 끝에서 또 다른 공간이 생겨난다면
　우리는 다시 어디로 연결될 것인가.

우리가 동시에 여기 있다는 소문은 정말인지 전화 속 네 목소리는 물속인 듯 먹먹하게 들리고

내 입속은 텅텅 울리는데

아무래도 옆에 걸린 액자를 로비 쪽으로 우르르 떨어뜨

리는 게 낫겠다는 생각이 들고

　그러면 움직이던 계단도 멈추고 오르내리던 걸음들도 공
중에서 일제히 멈춰

　여러 겹의 기둥과 기둥 사이를 일직선으로 통과한 눈
빛이 서로 반대편의 낯익은 얼굴들을 발견하게 될 순간이
올 것이다.

　빙고! 하고 낮게 탄식하게 될

　흔한 미래

　그러다 꿈에서 깬 듯 다시 발을 옮기겠지만

　금세 계단이 움직여서 우리는 또 헤매게 될 것이고

　우리의 자유는 거기서부터

　새로 시작되는데.

한 사람
—— Mimage*

탁자는 계절이 범람하는 것을 막고 있는 코르크마개로
무엇을 막고 있다는 자각 없이 계속 엎드려 있다.
이제 너는 일어나야 할 때를 안다.
탁자 말고 바지를 연기할 수는 있을 거라 생각하고
바지가 주머니와 주머니로 연결되는 통로를 확보하면서
바지 속이 거미줄처럼 복잡해지는 것을 관찰하는 중

동작 연결 연습
감정과행동의일치와불일치연습
공간활용을통한다양한유형의감정표현연습
경계와반복을극복하기위해여러상황에몰두하는다중인격
연습

연기하는 동안 손을 허리 아래로 떨어뜨리지 않으려는
배우처럼 감정에 다른 감정을 덧대면서
공중에 나부끼는 손으로 너는 무엇을 말할 수 있나.
손에 쥔 물건을 놓치려는 찰나가 되어
너는 너를 호소할 것인가.

어떤 독백도
어떤 배경도 필요 없이

모든 부조리하고 부자유한 움직임을 공중에 기록하려는
듯이
그만두어도 되지만 그만두지 않는 것의 모순을 견디는
것을 선택하면서
사이로 난 고요한 길로 혼자 걸어갈 수 있게
그리하여 너는 네가 지금 서 있는 공간을 계속 탐구해
나갈 수 있다.

자벌레처럼 천천히
한 걸음 한 걸음을 스스로 감지하면서
자신에게 있다고 믿는 자기도 모르는 어떤 것을 주문을
외듯 천천히 불러내면서
그러나 누구도 이해할 수 없는 가끔은 이상한 자신만의
동작으로
네 손이 네 발이
너에게 우려할 만한 타인이 되도록

탭 댄서의 빛나는 에나멜 구두처럼 빈 마루 위를 높이
솟구쳐 오를 때까지
누구에게도 방해받지 않고 저 빈 공간을 모두 채울 수
있을 때까지

그러나 네 연기가 네 실재를 넘어서지 않는다는 전제
언제든지 네가 너를 속일 수 있다는 것을 알고 있다는
자각을 가지고

흔들림과 멈춤
강함과 부드러움
쪼기 깨기 넘어뜨리기
형식미와극적구조와인과관계를넘어서
기술이아니라감정감정이아니라무감정무감정이아니라직
관직관이아니라그모든변화하는움직임을
따라가야지.

저 공중의 수많은 충동과 오류를 지켜보는 빈 의자의
하루 속에서 떠오르고 가라앉는 것들의 운동을 바라보며

어떤 형태로 완성되지도 충족되지도 않는 저 불규칙한
순환을
　스스로의 오해와 실패와 착각을
　그 허기짐을 감싸 안으며
　순간적으로 나타났다 사라지는 어떤 얼굴을
　그것이 선택한 불가해한 방식을 존중하면서
　그들의 경직과 이완과 분할과 작용과 조화와 부조화와
그리고 그 비루함을 있는 그대로 이해하려는 자세로

　그러므로 너의 움직임은 고요한 실험실 유리 위를 기는
벌레의 꿈틀거림 그 이상이 아니고
　유리 위의 차가움을 느끼면서
　유리에 맞닿은 뭉개진 배와 얼굴을 의식하면서
　느리게 기어가는 자각적인 움직임과 다르지 않고

　그럼에도 그 속도와 리듬으로 네가 먼 곳을 돌아와
　일상의 느린 몸짓 속에서 너를 발견하고
　모든 것이 자리를 찾아가고
　제 몸 위에 먼지를 고스란히 받아 내고 있는 탁자 위의

정물처럼 조용히
　　지금의 너로 서 있는 것

두 사람
—— Mimage

한 사람이 오른손을 들자 다른 한 사람이 오른손을 든다

한 사람이 왼손으로 귀를 잡아당기자 다른 한 사람은 왼손으로 턱을 잡아당긴다

혀를 내밀어 긴 식탁 앞의 케이크를 핥으려 하지만 두 사람 다 쉽지 않다

혀뿌리로 겨우 가닿으려는 자조가 있다

두 사람이 겨우 같아지려는 적설량이 있다

한 사람은 처음 든 손을 계속 들고 있는데 아무것도 아닌 것을 오래 바라보게 한 책임을 혼자만 지고 싶어서 끝까지 내리지 않는다

먼저 손을 내린 사람은 아직 도착하지 않는다

언제나 도착하지 않아서 계속 도착하고 있다

도착하려는 무릎 사이가 너무 멀어 헤엄치고 있다

당신은 거기 나는 여기 서 있는 것, 항상 서 있는 것, 거의 서 있는 것

마주 보고 있지만 여럿으로 나뉘고 있어서 누구에게 손을 내밀어야 할지 알 수 없다

처음부터 역할이 바뀐 건지도 모르지만 정확한 동작은 어디에도 설명된 바 없다

다만 교환하는 사지를 보고 있다

밀면 밀리고 당기면 당겨지는 것을 묵묵히 한다

좀처럼 닿지 않는 인사처럼 한다

늘 뭔가 조금씩 남거나 모자라게 된다

당연한 것을 당연히 주고받으면 구간 내의 운행이 순조
롭다

두 사람 사이에 사계절이 돈다

이해되지 않는 몸짓들이 문밖까지 줄을 서 있다

눈앞에서 신체의 집들이 세워지고 허물어진다

달려오고 멀어지는 기관차가 있다

등 뒤의 파도는 더 이상 커지지 않는데 시간은 이대로
흐른다

세 사람

── Mimage

세 사람은 각자의 정면을 본다 각자의 정면 또한 세 사람을 본다 한 사람은 동쪽을 보고 두 사람은 북쪽을 향한다 두 사람은 앉고 한 사람은 물구나무를 선다 아니 한 사람은 서쪽으로 절을 하고 또 한 사람은 동쪽 앞에서 얼굴을 가리고 있으며 나머지 한 사람은 북쪽을 향해 주먹을 쥐고 있지만 모두 말이 없다 어쩌면 다 같이 동쪽으로 몰려간 적 있거나 서쪽으로 누운 적 있고 어쩌면 다 같이 구른 적 있거나 하나로 엉겨 있었는지도 서쪽에 대한 이해나 동쪽에 대한 애정도 없고 북쪽에 대한 동경도 아니지만 적의도 아닌 채로, 동쪽을 동쪽으로 북쪽을 북쪽으로 받아들인 것이 오래된 일인 것처럼 믿음을 포기하지 않으면 그대로 유일한 미래가 되는, 모든 가능성은 열려 있지만 의미 없는 반복에 머물러도 개의치 않고 어떤 은유도 아이러니에도 다가가지 않으며 최소한의 움직임만으로 조금씩 무대를 이어 가는 것. 이 구도를 견딜 수 없는 한 사람이 차가운 물에 뛰어들 수도 있겠지만 그런 일은 일어나지 않는다 외부의 어떤 영향에도 단조로움은 유지된다 서쪽 사람이 낮은 휘파람을 불자 동쪽의 두 사람이 동시에 한쪽으로 상체를 기울였다 천천히 되돌아온다 원래보다 더 원래의 자리로, 동네 한 바퀴를 다 돌다 온 듯 몹시 피로한 기색으로, 전환점이 없는 긴 이야기 속 욕망이 없는 인물들의 무언극을, 한 시간에 한 발짝씩만 시계방향으로 돌면서, 또 한 사람은 휘파람에 맞추어 박수를 치고 다른 한 사람은 조용히 발을 굴리는데 엇박자의 묘한 코러스가 되어 공간을 울린다 서로에 대한 방해도 아니고 조화도 아닌 소리들, 셋 사이의 공중에는 무수한 기호들이 붐비고 언제든지 맥락이 끊어질 가능성이 있지만 신호를 교환하지 않고 위치를 표시하지 않는다 서쪽 사람이 동쪽으로 가 나란히 서게 된다면 동쪽의 조명이 점점 밝아지고 서쪽엔 눈이 내리게 될까 서쪽 사람이 누군가를 부른다면 둘 중 한 사람은 그때부터 무한반복으로 서쪽을 돌아보게 될까 나머지 한 사람은 끝까지 얼굴을 볼 수 없는데 모두 돌아간 뒤에도 계속 그 자리에서 무대를 등지고 서 있다 누가 불러도 돌아보지 않는다 처음부터 같은 동작을 되풀이하며 한 자리에 오래 서 있을 것이다 이런 설정은 애초에 불가능하지만 다른 방식은 생각해 본 적도 없다 세 사람은 처음부터 모르는 사람, 어쩌면 다른 시간 속의 한 사람, 각자의 행위는 서로에게 아무런 의미가 없다 멈추다가 잇고 잇다가 다시 멈

추기도 하면서 언제 끝날지 알 수 없는 움직임으로 최선을
다해 멈칫거리며

네 사람
—— Mimage

경계 밖으로 가능한 멀리 손을 내밀어 볼 수 있다 손을 거둬들일 수 있다 그러한 시도를 누군가 끝까지 바라볼 수 있다 굳이 그 움직임을 기록해 볼 수 있다 그 실패들 그 안간힘에 대해 네 사람이 1제곱미터의 초소형 무대 위에서 할 수 있는 모든 것을 아름답지도 보람되지도 않은 모든 것을

조건을 더 제한한다면 무엇을 더 하고 더 하지 못할 것인가 그럴수록 더 무한한 것에 도전할 것인가 좀 더 멀리 좀 더 높이 뻗어 나갈 수 있나 도구가 아닌 신체만으로 상상이 아니라 실제로서 화려하진 않지만 엄숙하게 그들이 원하는 형태를 그 자리에서 재연할 수 있나

이것은 곡예가 아니다 다만 네 사람이 지금 할 수 있는 것을 한다 등을 맞댈 것인지 마주 보고 안을 것인지 시행착오를 통해 하나씩 알아 가면서 가능한 한 오래 버틸 수 있도록 각자의 중심에 견고한 기둥을 세우고 기둥으로부터 분산된 힘이 어떻게 옆 사람에게 이어지는지 전달된 힘에서 어떤 감정을 느끼는지 천천히 탐색하면서

균형을 유지하기 힘들면 자세를 바꾸며 다른 틈을 파고 든다 경계 밖으로 발이 넘어서지 않게 서로를 붙들면서 한 편으론 자신을 가능한 멀리 내던지려고 노력하면서 풍랑을 만난 배를 비추는 등대처럼 눈을 깜빡이고 머리 위로 손가락을 나부끼면서 얼마나 오래 기다려야 한 사람은 흠뻑 젖어 돌아올 것인가 되돌아온 그는 다시 예전의 그인가 돌아온 그가 다른 자세로 서서히 동작을 이어 간다면 네 명 모두 안정된 구도를 다시 찾을 수 있을까

　시간이 흐른다 이 즉흥극이 언제 끝날지 무엇이 더 가능한지 아무도 모른다 어떤 형태로든 끝이 나겠지 다만 무언가의 임계점을 기다린다 서로에게 아무런 자극을 주지 않고 자신에게 무언가 솟아나기를 바라지 않고 각자 다른 시차 속에서 오래전 어딘가로 출발한 후에

무빙워크

의문이 생기기 전이었다. 생기지 않을 수도 있었지만 그
것을 데리러 가고 있었다. 데리러 가면 금방 생겨날 것이다.

손을 뻗었는데

걷지도 않으면서 눈앞에서 점점 멀어졌다.

먼저 개시된 심장이 두 발보다 빨리 나아갔다. 누구보다
도 먼저 결론에 도달하려고

저기 멀리 앞서 가는 것은 누구의 몸인지
놀라운 듯이 바라보았다.

아낀 걸음 수만큼 하려던 말을
발 옆에 버리면서
같은 속도로 정지해 있던 빠른 걸음들

너는 거기 서 있고 나는 여기서 걸었다. 너는 나보다 먼
저 앞으로 나아가고 있는데 나는 뭔가 생각나 뒤로 돌아갔

다. 앞이 가로막혀 사람들을 헤치며 역방향으로 뛰어갔는데 나와 조금 겹쳐지다가 급속히 멀어지는 사람들

서 있지만 모두가 움직였다. 길을 터 주다가도 잠꼬대처럼 다시 간격을 메웠다. 동참하지 않았지만 저절로 어딘가에 속하게 된 채로 모두 서서 밀려갔다. 같은 방향으로 같은 출구를 향해

마침내 쏟아져 내리려고

고도제한

그는 잠시 나를 쳐다보더니 두 개의 시제 사이로 걸어
간다.
어떤 시절로부터 출발했는지 모르고
소실점 저 끝의 시간도 알 수 없는

막다른 순간의 결정 같은 칠 일의 낮과 밤 속으로

손을 뻗어 나무를 느끼려던 감정
그것은 이미 누군가에 의해 그의 미래를 빼앗긴 장면
날카로운 겨울의 가지 끝으로 조금씩 가까워지는 긴 손
가락들

그는 나로부터 멀어진다.
그에게 어떤 경험과 예감이 허용된 것인지 그 자신이 판
단할 수 있다는 믿음으로
걸어가는 그의 테두리를 허물고 있는
빛의 침식

그는 내게만 보이지만 나는 그를 통제할 수 없고

나는 그로부터 태어나는 문장을 사생아처럼 받아들고 어찌할 바를 모른다.

　그가 그를 연습하는 동안 언제 내 앞에 걸려 넘어지게 될지 몰라 불안해하면서도

　그의 의지와 무관하게 그의 행위들로 나의 백지가 채워지고

　해 질 녘의 무심함은 그를 정교하게 빛나게 하고

　혼자 우뚝 서 있게 하는데

　그러나 다시 그가 제 몸에 대한 기억을 축적해 가는 동안 내게 건네줄 마지막 뒷모습까지 모두 지우려는 듯

　한 번도 돌아보지 않고

　어떤 암시도 없이

　그 자신으로부터 무섭게 돋아나고 있는 새로운 의욕들을 조심스레 감지하면서 멀어지고

그리드

벽보가 찢어져 있다. 덤불 아래 공기들이 작은 회오리
속으로 빨려 든다. 누군가 방금 지나갔고
　작은 열매에 소름이 돋아 있다.

　양 갈래로 땋은 머릴 길게 늘어뜨리고 혼자 공기놀이를
하는 아이
　딱 반으로 갈라진 까만 뒤통수
　딱 반으로 갈라진 이쪽과 저쪽의 세계

　베개 위에 펼쳐진 머리카락 사이로 밤마다 물컹거리는
무엇이 자라고

　나뭇가지들이 구획한 촘촘한 틈
　소실점을 향해 모여 서있는 크고 작은 건물들
　전선과 가스관과
　울타리에서 뻗어 나온 정교한 선들의 감옥 사이로 빗줄
기가 하나씩 꽂힌다.

　피 흘리지 않고 실선을 통과하여 하늘을 가로지르는 새

실뿌리들이 안간힘으로 형체를 모으고 있는
죽은 화분의 흙

어딘가에서 미세하게 떨리고 있는
영점들

굉음을 가둔 상자가 공중에 걸려 있고

한 사람이 이동한다.
투명한 모눈에 살점을 묻히며

대천공원

아침마다 새로 태어나는 손과 발.

기둥을 세우듯이 몸을 펴고 일어서서 한 발 또 한 발.

몸이 만들어 내는 연속 동작을 멀리서 보고 있으면 뭔가 흐르는 듯하고, 갑자기 솟거나 꺼지는 듯하고,

가운데로 모여 희미해지기도 하는 것이 그 자신의 것인지 이쪽의 착각인지는 알 수 없다.

호숫가를 도는 사람들은 대부분 오른쪽으로 돈다.

왼쪽으로 도는 사람도 있지만 마주 오는 사람들을 피하면서 돌아야 하고 앞으로 날아오는 돌멩이들을 이리저리 피하듯이 가다보면 얼굴에 뭔가 박히는 것 같다.

조금씩 지워지는 것 같다.

물살의 가운데를 갈라서 헤치듯이 나아가다 보면 이마가 말갛게 씻긴다.

팔을 많이 흔드는 사람은 팔로 걷는 것처럼 보인다.

팔의 추진력으로 몸을 앞으로 견인하면서 나아가는데 무게중심이 양 주먹 쪽으로 분산돼 있다.

저 속도로 걷다가 누가 뒤에서 부르면 회전하다가 자신

도 모르게 주먹을 휘두르게 될지 모르지만

그러나 누가 없는 걸 확인하고는 자신이 무엇을 향해 싸우듯이 걷고 있었는지 몰라 머쓱해지겠지.

그리고 다시 파워워킹을 하며 지나간다.

어떤 흐름에 속도를 맞추는 듯한 기분은 가슴을 빠르게 뛰게 하고

지금 이 순간이 거대한 시작의 아주 작은 출발일 수 있겠다고 생각하게 되고

그래서 좀 더 속도를 높이는 것이 누구의 의지인지는 중요하지 않게 된다.

그런 것을 기둥도 조금은 이해하는 것 같다.

누군가 호숫가를 돌다 갑자기 이탈했는지 회전하던 하나의 축이 무너지는 걸 느끼고

앞서 가다가도 돌아보는 사람들이 있다.

강제에 의해 흐름이 끊어진 것 같고

바람이 잠시 멈춘 것 같고

그러나 어떤 리듬이 몸속에 들어와 있어서 중단 없이 걷

기를 계속하게 되고

자신의 움직임이 주위에 어떤 영향을 미치는지 모르지만

중심에 굳어 있던 기둥이 수없이 작은 조각으로 나뉘어 혈액을 타고 흘러 다니다 길가의 돌이나 나무에게도 전달되려고 하고

호수의 늙은 잉어들은 그것을 아는 듯이 느리게 헤엄친다.

지난겨울 저 물속으로 가라앉은 여고생을 떠올리는 사람은 이제 거의 없고

산책로는 여전히 눈부시게 아름답고

조깅하는 발걸음들은 경쾌하기만 하다.

가쁜 숨을 내쉬며 신발 끈을 묶으려고 허리를 숙이면 엎드린 등에 다시 모여드는 무엇이 있다.

잠시 잊고 있던 것

잊으려고 했던 것

그러나 정지한 순간에도 잊지 않고 찾아오는 무엇.

그것을 기둥은 알고 있고

어쩌면 알고 있다고 생각하지만 모르고 있고

어디에나 그것이 먼지로 떠다니다가 모르는 이들과 함께 상쾌한 공기인 양 나눠 마시고
그리고 끈을 묶고 다시 달리는 것을

호숫가의 높은 나무들은 내려다본다.
가지를 당기거나 풀어 주면서
바람에 웅성이듯이 부풀었다 가라앉으면서
한동안 비가 오지 않아 잎이 약간 말린 채 빙글빙글 돌면서
아무것도 설명하지 않으려는 듯이
아무것도 확신하지 않으려는 듯이
움직임의 변화는 빛을 다양하게 조각하지만 아무것도 기억하지 않으려고
축적된 흔들림만 몸에 남기려고
움직임의 사이마다 다른 소리를 끼워 넣거나 초록의 사이마다 다른 그늘을 비춰 주면서
자신이 자신을 지휘하고 있다고 느끼면서

낮부터 이어지던 생각은 희미해진다.

그사이 관절이 더 많이 생겨난 듯하다.

그래서 더 많은 곳을 갈 수 있고 더 다양한 것을 할 수 있을지 모른다.

무엇에도 길을 묻지 않고 몸이 움직이는 방향을 따라 흘러가도 좋을 것이다.

저 인체의 연속선은 무엇인가. 저 변곡점들, 무수한 반복과 멈춤과 번짐들, 저 실타래들

움직이는 고정점*들이 무형의 그림을 그리듯이

오랜 후에도 완성되지 않을 이야기를 끝없이 이어 나가듯이 흐르고 멈추고 다시 흐르고 있고

그러다가도 갑자기 높이 튀어 오르는 잉어 비늘에 반사된 노을빛을 황홀해하고

멀리서 보면 한가로운 여가의 몸짓으로 보이는 풍경 속에서도 말할 수 없는 것들의 움직임이

살갗 아래로

수면 아래로 몰려가고

끝없이 일렁이며 흐르는 윤슬을 본다.

아이가 자전거를 타고 지나간다.

자전거는 앞바퀴에 뒷바퀴의 흔적을 포개면서 미끄러지
듯이 이동한다.

단순하고 깨끗한 직선만 뒤에 남는다.

호숫가를 돈다.

활기차게 움직이는 신체들이 평온한 풍경을 만들어 낸다.

* 자크 르코크.

원반의 끝

끝나는 위치로 가겠습니다.
끝나는 위치에서 만납시다.
손 씻고 앉은 아침 식탁
눈 감으면 발밑이 사라지는 광장에서

막 내리기 시작한 눈의 종착지가 되어
온몸이 점점 얼어붙어 끝내 움직일 수 없는데

숲속 무덤 주위를 빙빙 도는
몇 개의 검은 잎
개들을 겁먹게 하는 바람의 삐걱이는 관절들

저녁에 모여 그림자끼리 어두운 식사를 할 것이다.

뒤를 많이 가진 모퉁이의 선명함 쪽으로
주먹 쥔 사람이 점점 다가오는데
보이지 않는 그의 크기에 알맞은 상자가
그늘 속에 반쯤 열려 있다.

최초의 기억을 찾아 거슬러 오르면
눈을 동그랗게 뜬 노파의 확대된 얼굴이 있고
막다른 골목의 우물 속에는 잠에서 깬 아이의 울음이
들리고

아이가 자라 한 사람에게
울먹이며 호소하는 눈빛이 되는 순간
환하던 얼굴은 갑자기 차갑게 변해 버리는데

산책에서 돌아온 저녁 몸에서 나는 들불 냄새
젖은 발목으로 들어가는 이불 속에는
절뚝이는 개가 원반을 향해 달려가는 해변이 펼쳐지고

스쳐 간 나를 잠시 불러 세우고

그는 가끔 내 앞을 스친다.

얼굴을 본 적 없는데 가끔 떠오르는 이유를 모른다.

자리에 누우면 생각난다.

양말 속에 발을 넣다 생각나기도 한다.

언젠가 그가 내게 가까이 다가온 순간 오토바이가 그를
덮쳤을 것이다.

우리 앞에서 땅이 푹 꺼져 만나지 못했을 것이다.

우연은 오래전부터 그렇게 계획돼 있었고 또 다른 우연
이 우리의 직전을 거둬 갔을 것이다.

초인종을 누르자 방 안에서 인기척도 없이 그를 보내 버
렸을 것이다.

어쩌면 그는 다급한 나의 이웃이었는지 모르지만

어쩌면 그도 그를 잃어버려 나에게 물으러 왔는지 모르
지만

그는 그렇게 왔다가 그냥 돌아갔을 것이다.

그의 어깨를 그대로 가져갔을 것이다.

누구의 어깨도 건드리지 않았는데 누군가 또 급하게 뒤
를 돌아보았을 것이다.

누군가는 누군가를 누군가에게 건네주고 빈손으로 집에 돌아갔을 것이다.

대로를 가로질러 성큼 다가와선 한 마디도 하지 않고 돌아섰을 것이다.

붐비는 거리에서 갑자기 얼굴이 뜨거워져서 인파를 헤치며 뛰어갔을 것이다.

돌아가서 욕조 속에 얼굴을 박았을 것이다.

욕조 속을 헤엄쳐 빛이 들지 않는 심해 밑바닥까지 내려갔다 돌아왔을 것이다.

그리고 며칠을 누워 있었을 것이다.

그는 누워서도 가끔 내 옆을 스친다.

나와 함께 나무 꼭대기에 나란히 앉아 먼 불빛들을 바라보지만 옆을 보면 다시 사라지고 없다.

그게 언제인지 금세 기억이 희미해지고

다음에 그가 또 내 앞을 스치더라도 그인지 모르고 무심결에 지나치겠지만

그리고 다시 시간이 흐른 후 무엇을 회복한 건지도 모

르고 우리의 간격에 무한한 비가 쏟아질 때

순식간에 그와 가까워진 듯한 기분에 흠뻑 젖어서는

Dome

아이는 손가락으로 일곱 개의 둥근 지붕을 가리켰다.
저 궁전에는 누가 살까. 뜨거운 이를 가진
커다란 욕조 속에
붉은 발이 가득한

마을의 아이들은 모두 둥근 단발을 했다.

그 궁전의 아랫도리를 씻어 나온 물에서 헤엄치고
부녀자들은 그 물에 배추를 절이고
두부를 했다.

물고기들의 배 속에 터빈이 돌았다.
성게들이 점점 깊은 바다로 기어들어 갔다.

'랜드'라고 발음해 봐.

잠수해 들어가면서 소년 소녀는
손을 잡았다.

밤의 해변에서 함께

전영규(문학평론가)

1. 끝없이 형태를 이루려는 경계에서 끝없이 망설이던 우리는

이 지구상에, 혹은 다른 별에 존재해 왔거나,

존재할지도 모를, 모든 주체적 존재들은,

모든 산 것들과 죽은 것들. 모든 과거, 현재, 미래를,

이 거대한 유사성은 서로 이어지게 하고,

언제나 이어지게 해 왔으며,

앞으로도 영원히 이어지게 하여

그것들을 꼭 끌어안은 채 빽빽이 에워싸 주리라.

　　　── 월트 휘트먼, 「밤의 해변에서 혼자」에서*

지구상에 존재하는 산 것들과 죽은 것들이 모두 모여 흐르는 해변을 바라보는 자가 있다. 그는 이 모든 것이 무수히 밀려오고 밀려가는 해변의 파도를 조용히 바라본다. 지구에 존재하는 모든 것들이 거대한 파도가 되어 유유히 흘러가는 풍경들. 과거와 현재, 미래가 무수히 반복되며 이어지는 곳. 이미 흘러간 것이 지금 흘러간 것과 합쳐져 아직 오지 않는 것들을 향해 멀리 나아가는 파도의 양상. 항상 같은 모습으로 반복되는 파도의 흐름 같아 보이지만, 자세히 보면 매순간 변화하는 순간의 연속으로 이루어지는 곳. 단지 과거에서 현재, 미래라는 시간의 흐름대로 이어지는 연속이 아니라, 과거와 현재, 미래 모든 방향으로 분열되거나 뒤섞이며 나아가는 예측 불가능한 사태의 연속으로 이루어진 곳.

　　월트 휘트먼의 산문 「해변에서의 공상」에는 다음과 같은 구절이 있다. "내게는 심지어 소년 시절부터 해변에 대한 작품, 아마도 시를 쓰고 싶다는 바람과 욕망이 있었다. 암시적 경계선, 접점, 합류점, 고체와 액체가 합쳐지는 곳으로서의 해변, 흥미롭게 잠복해 있는 무언가로서의 해변은 (모든 객관적인 형태가 분명 주관적인 정신이 되듯이) 그저 처음 눈에 비친 것보다 훨씬 더 큰 의미를 지니고 있으며, 그냥 그 자체로도 웅장하다. 해변은 실재와 이상을 뒤섞고,

* 월트 휘트먼, 황유원 옮김, 『밤의 해변에서 혼자』(인다, 2019), 65~67쪽.

그 각각을 다른 나머지와 일부가 되게 한다."* 이미 흘러간 날이 지금 흐르고 있는 날과 합쳐져 아직 오지 않은 날을 향해 나아가는 일. 다른 별에 존재해 왔거나 앞으로 존재할지도 모를, 지금 이곳에 존재하고 있는 것들이 동시에 공존하고 있는 이곳의 사태를 바라보는 일. 시인은 이 모든 것들이 무수히 밀려오고 밀려가는 해변의 파도를 조용히 바라본다.

아직 오지 않은 날로부터, 멀리 떠나간 날로부터 날 자꾸 떠미는 이곳. "전생에서부터 끝없이 떠밀려온 나뭇조각처럼 우리 앞에 다가온 것"들.(「노랑의 윤리」) "수면을 핥는 바람의 혀가 수많은 기호들을 파생"시키는 곳. "새로 태어난 관점 하나가" 갈라지며 멀리 떠밀려 가는 곳. "주체할 수 없는 이 혈통을 누가 바라보는가."(「파도의 새로운 양상」) 김미령의 첫 번째 시집 『파도의 새로운 양상』(민음사, 2017)에서는 파도와 관련한 이미지들이 나온다. "파도타기하듯/ 흉내들이 밀려가고 있"는 곳.(「흉내내기」) "예기치 않은 곳에서 예기치 않은 방향으로 진행"되는 것들.(「박수의 진화」) 수많은 낮과 밤이 지난 후에도 끝없이 밀려오고 밀려가는 파도의 속성처럼, 끝없이 유동하는 대상이 지닌 무한한 반복의 속성에 대하여. 시인은 유동하는 대상이 지닌 무한한 반복의 속성과도 같은 '거대한 유사성'을 감지한다. 시인이

* 월트 휘트먼, 위의 책, 187쪽.

감지한 파도의 새로운 양상이란 이런 것이 아닐까.

다시 장면은 밤의 해변으로 바뀌고. 시인은 파도가 끝없이 밀려오고 밀려가는 해변을 바라본다. 다시 한번, "끝없는 해변이 시작되려고 했다."(「수행성」) 지금부터 시인이 그려 내는 끝없는 해변의 풍경을 들여다본다.

2. 우리의 망설임은 끝없이 반복되고

시인이 감지해 낸 이곳의 기미란, 무엇인가가 끊임없이 반복되고 있다는 것이다. 산 것과 죽은 것이 뒤섞여 밀려오고 밀려가는 파도, 수많은 낮과 밤이 반복되는 것처럼, 무한히 반복되며 이어지는 유동의 사태들. 시인은 이들을 무한히 움직이게 하는 동력이 무엇인지에 대해 생각한다. 이들의 반복은 단지 같은 것의 반복으로만 그치는 것이 아니다. 반복되는 과정에서 나도 모르는 낯선 것들이 탄생한다.

시인이 발견한 낯선 대상이란, 무수한 반복의 경계 사이에서 완성되지 않은 채 지연되는 대상의 사태다. 언제 완성되는지도, 어떤 형태로 이루어지는지도 모르기 때문에, 계속 지연되는 대상의 모습. 마치 멀리 뛰어 올랐다가 "여기가 어딘지 어디로 떨어져야 하는지 몰라"(「착지자세」) 난감해하며 망설이는 상황. 혹은 멀리 뛰어올랐다가 떨어지더라도 착지할 바닥이 보이지 않아 계속 떨어지고 있는 중인,

이 상태가 언제 끝나는지 모르는 불안하고 난감한 상태 같은 것.

그것은 일종의 태업이고 일종의 파업이기도 하고 그 속에서 그는 글쓰기의 자체적인 동력을 찾아보기로 빛에 반응하기로 문장 위에 무수한 주름과 발자국이 생기는 것을 바라보면서

선택의 안과 밖에서 망설임 그 자체를 흔적으로 남기기로 보이는 대로 보지 못하는 것을 보는 대로 보이지 않는 것을 보여 주고자 하는 대로 쓰지 못하는 것을 그대로 놓아두기로 그 모든 것에 대해 간절하지 않기로

그래 봤자 그것은 흔들리는 나뭇잎이나 밀려가는 물결에 지나지 않고 그리하여 그것은 겨우 그림자 쪽으로 기울어 가는 저녁의 어깨이거나 눈의 깜빡임이고 리듬에 맞춰 발목을 까닥이는 작은 신호에 불과할 뿐이라면서도 인파 사이를 헤쳐 나올 때 입술에서 새어 나오던 작은 신음과 사물들의 건조한 진동을 온몸으로 느끼며 다만 주머니에 손을 넣고 걸어가는 한 사람의 좀체 낫지 않는 미열이라 할 것이지만

그들의 연쇄가 어디까지 이어질지 모르고 그것이 그의 문장을 계속 도달할 수 없게 하고 한없이 절룩거리게 할지라도 그러다 갑자기 밀린 잠이 쏟아져 며칠을 누워 있게 될지라도

그사이 스쳐 간 수많은 얼굴과 낡아 가는 건물 연기도 없이 고요히 추락하던 비행기가 물속에서 천천히 제 시간을 찾아가는 동안 표정으로도 질러 본 적 없는 자신의 괴성이 서서히 배 속에서 옅어지는 동안

그는 가만히 앉아 바라보겠지 눈앞에 펼쳐진 바다를 흐려진 구름을 바람이 오고간 모래 위의 무늬를 무늬가 무늬를 지우고 또 지우는 것을 모래는 너무 작아서 쓰러지고자 하지만 쓰러질 수 없고 모서리를 가질 수 없고 그늘조차 없어서

바깥의 진동을 제 몸 안에 모두 끌어안고 미세하게 떨리는데 그 안에서 모든 처음과 끝이 무수히 반복되고 있는데 더 없이 작아지고 작아지는데

—「수행성」에서

시인은 "망설임 그 자체를 흔적으로" 남기고자 한다. 여기서 망설임이란 완성되지 않은 채 지속되는 대상의 사태를 기록하는 일이다. "보이는 대로 보지 못하는 것을, 보는 대로 보이지 않는 것"을 보여 주는 일. 그것이야말로 "글쓰기의 자체적인 동력"이자 나의 문장이 도달해야 하는 지점이다. 그래 봤자 그것이 "흔들리는 나뭇잎이나 밀려가는 물결의 반복에 지나지 않는 것"이라 할지라도, "리듬에 맞

춰 발목을 까닥이는 작은 신호에 불과할 뿐”이라 할지라도,
“그들의 연쇄가 어디까지 이어질지 모르고” 그것이 나의 문
장이 도달할 수 없는 지점이라 할지라도, 그것들의 움직임
을 “관찰하는 일의 지난함”을 기록하며 그 “다음으로 건너
가기 위한 새로운 의욕들”을 기다리는 일.

　　그동안에도 움직이는 점과 선들의 변화는 계속되고
　　모서리가 조금씩 이지러진 몸짓으로
　　점점 모이다가 다시 흩어지는 개체들의 자유로운 의지로서
　　성글어지고 촘촘해지고 어쩌다 하나로 뭉쳐지기도 하는
　　나중엔 어지러이 열린 반 토막 발자국으로만 남는

　　지금도 끝없이 형태와 배열을 바꾸는 저 해변의 추상을

　　오래 바라본다.
　　육지의 끝에 이르러서야 제멋대로 풀려나는 마음들의 부주
의한 솟구침
　　튀어 오른 순간 어떤 언어적인 몸짓도 만들지 못하고 떨어
지는 반복적인 파도의 오르내림

　　바람에 어지러이 머리가 물결치면서 공중의 한 사람을 조
금씩 끌고 가려는 알 수 없는 힘
　　밀물이 조금씩 가까워지는지도 모르고 누워 잠든 발끝을

햇빛이 살짝 깨무는 듯한 간지러움

엄지발가락의 반사적인 까딱임

그것들은 오랫동안 잊고 있던 움직임이고
몸이 기억하고 있던 낯설지 않은 쾌감

좀 더 분명한 것은

눈앞의 저 바다가 아닌 다른 곳에서
틀림없는 인과율과 흔들리지 않는 믿음과 예정된 시작과
끝에 의해 순식간에 어떤 결정이 이루어졌다고
구체적인 얼굴이 나타났다 사라졌다고

누군가 잠결에 속삭였던 것 같고

누락된 기억
누적된 체념
오랫동안 파도에 지워져 이제 무늬만 남은 어떤 형태의 바
라봄에 대해

수억 년을 이어져 온 대답처럼

———「에어 볼」에서

삶의 시간이 단 한순간도 동일하게 반복되지 않는다고 보았던 베르그손이 감지한 지속으로서의 시간은 "이질적인 요소들의 끊임없는 상호침투로 이루어진 연속적인 변화 그 자체"다.* 여기서 시간은 과거와 현재, 미래라는 선형적인 연속으로 흐름으로 이어지는 게 아니라, 과거와 현재, 미래가 동시에 공존한다. "현재 속에 과거가 침투해 현재를 연장하며, 연장된 현재의 시간은 끊임없이 미래와 과거 양방향으로 분열"된다.** 나의 의식이 무언가를 지각하고 있는 이 순간이 현재의 시간이며, 나의 현재는 내가 지각하고 있는 것만으로도, 이미 직전의 과거가 되는 동시에 예측 불가능한 미래를 향한다. 여기서 무언가를 지각한다는 건, 과거를 기억하는 일이다. "지속이 바로 기억이며, 현재 속에 과거를 연장하는 인간의 기억이 지속으로서의 시간을 가능하게 한다."***

"지금도 끝없이 형태와 배열을 바꾸는 추상"을 오래 바라보는 일이란 이런 것이다. 내가 그것을 바라보는(지각하는) 순간, 그것은 나의 "누락된 기억과/ 누적된 체념"이 되어 형태와 배열을 바꾸며 미래와 과거 모든 방향으로 분열된다. 여기가 어딘지, 어디로 떨어져야 하는지 몰라 난감해

* 앙리 베르그손, 『물질과 기억』(살림, 2008), 124쪽.
** 앙리 베르그손, 위의 책, 125쪽.
*** 앙리 베르그손, 앞의 책, 124쪽.

하는 우리의 망설임은 이곳을 지속시킨다. 전혀 다른 시간에 살고 있는 우리들이라 할지라도. 혹은 서로가 전혀 무관한 우리들로 이루어져 있다 할지라도 말이다. "세 사람은 처음부터 모르는 사람, 어쩌면 다른 시간 속의 한 사람, 각자의 행위는 서로에게 아무런 의미가 없다 멈추다가 잇고 잇다가 다시 멈추기도 하면서 언제 끝날지 알 수 없는 움직임으로 최선을 다해 멈칫거리며"(「세 사람」 중에서)

3. 끝없는 지연, 아무도 도착하지 않는 이곳에서

"성공적으로 파도를 탈 때까지 그는 그만두지 않을 것이고/ 파도도 파도의 일을 멈추지 않을 것이며/ 그건 사람들이 모두 사라진 뒤에도 마찬가지."(「모션픽처」) 언제 끝날지 알 수 없는 움직임으로 최선을 다해 멈칫거리는 우리의 망설임은 계속되고 있었다. 끝없이 형태와 배열을 바꾸는 해변은 끝끝내 완성된 해변을 보여 주지 않았다. 여기서 '해변'을 세계라고 해도 무관하겠다. 언제 끝날지 알 수 없는 이곳에서 우리의 삶도 끝끝내 완성되지 못한 채 흘러갈 것이다. 그러나 무수한 형태와 배열을 바꾸는 세계는 사람들이 모두 다 사라지고 나서도 계속 이어질 것이다.

미래를 향해 과거를 현재 속에 연장하는 기억의 운동이 지속하는 의식이라면, 지속이야말로 인간이 할 수 있는 고도의 정신적 활동이다. 이를 베르그손은 "창조적 생성력"이라고 보았다.* 과거와 현재의 왕복운동 속에서 정신적 긴장을 유지하는 일. 여기서의 왕복도 동일한 반복으로 이루어지지 않는다. 끝없이 형태와 배열을 바꾸며 끝없이 지연되거나 지속되는 이곳에서, 정신적 긴장을 유지하는 일. 시인의 역할은 이 정신적 긴장을 유지하는 일이다.

미래를 위해 과거의 기억을 현재 속에 연장하는 자. 언제 올지 모르는 새로운 의욕을 기다리기 위해 바깥의 진동을 자신의 몸 안에 끌어안고 처음과 끝을 무수히 반복하는 자. "처음부터 같은 동작을 되풀이하며 한 자리에 오래서" 있는 자. "모든 가능성은 열려 있지만 의미 없는 반복에 머물러도 개의치 않고 어떤 은유도 아이러니도 다가가지 않으며 최소한의 움직임으로 조금씩 무대를 이어"가는 자.(「세 사람」) "어디에도 기록되지 않는 수많은 몸짓들로 조용한 비약을 완성하는 사람."(「작동」)

> 흔들림과 멈춤
> 강함과 부드러움
> 쪼기 깨기 넘어뜨리기
> 형식미와극적구조와인과관계를넘어서
> 기술이아니라감정감정이아니라무감정무감정이아니라직관

* 앙리 베르그손, 앞의 책, 131쪽.

직관이아니라그모든변화하는움직임을
　따라가야지.

　저 공중의 수많은 충동과 오류를 지켜보는 빈 의자의 하루
속에서 떠오르고 가라앉는 것들의 운동을 바라보며
　어떤 형태로 완성되지도 충족되지도 않는 저 불규칙한 순
환을
　스스로의 오해와 실패와 착각을
　그 허기짐을 감싸 안으며
　순간적으로 나타났다 사라지는 어떤 얼굴을
　그것이 선택한 불가해한 방식을 존중하면서
　그들의 경직과 이완과 분할과 작용과 조화와 부조화와 그
리고 그 비루함을 있는 그대로 이해하려는 자세로
——「한 사람」에서

　어디로도 가지 않으면서 언제든 갈 준비가 된 사람으로서
동작 하나에 수백 개의 가능성과 수백 개의 불가능성을 생각
하는
　매 순간을 분할해 그사이에 수많은 정지를 끼워 넣고 그
사이에 새로운 이야기들이 시작되게 하는
　그렇게 결말이 무한히 연기되는 동안 사지가 점점 길어져
사방으로 뻗어 가는

눈알을 이리저리 굴리고 안면 근육은 제각기 불규칙적으로 움직였다 수축하고

그에게 들려오는 모든 소리들이 하나씩의 방향을 가지고 저마다의 크기로 다가올 때

수없이 이어진 보도블록의 줄과 칸 어디쯤에서
그 순간 무한히 늘어나는 길과 바뀐 계절과 분할된 기억의 드넓은 간격 속에서
　　　　　　　　—「균형을 위한 다음 동작의 근사치」에서

"어떤 형태로 완성되지도 충족되지도 않는 저 불규칙한 순환"을 기록하는 일. "경직과 이완과 분할과 작용과 조화와 부조화와 그리고 그 비루함을 있는 그대로 이해하려는 자세"를 유지하는 일. "어디로도 가지 않으면서 언제든 갈 준비가 된 사람으로서 동작 하나에 수백 개의 가능성과 수백 개의 불가능성을 생각하"는 일. "매순간을 분할해 그 사이에 수많은 정지를 끼워 넣고 그사이에 새로운 이야기들이 시작되게 하는" 일.

"이미 한참 전에 시작됐지만 하이라이트는 아직 멀었고 우리가 가고 있는 동안에는 그것이 계속 지연될 것이라는 믿음."(「현장」) 이미 한참 전에 시작됐지만 누구도 시작을 본 사람이 없는 곳. 끝끝내 완성된 세계를 보지 못했기에

언제 끝나는지 알 수 없는 곳. 끝을 알 수 없기에 자신이 도착했는지도 모르는 곳. 끝을 알 수 없기에 끝을 기다리는 방법으로 살아가는 일. 모든 것이 지연되는 이곳을 살아가는 방법이란 이런 것이다. "기다림에 응답하지 않으려면/ 한결같은 것이 좋다."(「동작」) 기다림에 응답하지 않으려면 나 또한 기다림으로 응답하면 된다. 이것이 어떤 형태로 완성되지도 충족되지도 않는 저 불규칙한 세상의 순환을 지속하기 위한 시인의 자세다. 이 불가피한 기다림의 구도 속에서 시인은 발견한다. 알게 모르게 서로가 연결되어 있는 '우리'의 모습을.

　　너는 또 동쪽 계단을 내려가고 나는 북쪽 계단을 올라와 우리가 만나기 직전일 때
　　계단의 끝에서 또 다른 공간이 생겨난다면
　　우리는 다시 어디로 연결될 것인가.

　　우리가 동시에 여기 있다는 소문은 정말인지 전화 속 네 목소리는 물속인 듯 먹먹하게 들리고

　　내 입속은 텅텅 울리는데

　　아무래도 옆에 걸린 액자를 로비 쪽으로 우르르 떨어뜨리는 게 낫겠다는 생각이 들고

그러면 움직이던 계단도 멈추고 오르내리던 걸음들도 공중
에서 일제히 멈춰

여러 겹의 기둥과 기둥 사이를 일직선으로 통과한 눈빛이 서
로 반대편의 낯익은 얼굴들로 발견하게 될 순간이 올 것이다.

빙고! 하고 낮게 탄식하게 될
흔한 미래
그러다 꿈에서 깬 듯 금방 발을 옮기겠지만

금세 계단이 다시 움직여서 우리는 또 헤매게 될 것이고
우리의 자유는 거기서부터
새로 시작되는데

──「계단이 많은 실내」에서

우리는 항상 여기에 있었다. 우리가 비록 서로 만날 수
없다 할지라도, 우리는 동시에 여기에 머물고 있었다. 다만
이곳에 있다는 것을 서로가 몰랐을 뿐. 여기서의 우리는
어제의 나(너)와 오늘의 나(너), 과거의 나(너)와 현재의 나
(너), 이미 죽은 자들이나 살아 있는 자들, 앞으로 태어날
자들일 수도 있을 것이다. 우리가 지금 만날 수 없다 하더
라도, 각기 다른 시간에 살고 있(었)다 하더라도, 같은 공간
안에 머물고 있(었)다는 자명한 사실에 대하여. 영원히 도
착할 수 없는 이곳을 향해 각자의 모습으로 끝없이 지연되

는 우리의 삶.

그리고 그들의 삶을 조용히 바라보는 한 사람이 있다. "누구의 중심도 아닌 모든 방향에서 바라보던 한 사람."(「자세」) 그들의 경직과 이완과 분할과 작용과 조화와 부조화와 그리고 그 비루함을 있는 그대로 이해하려는 자. 한결같은 기다림으로 기다림에 응답하는 자. 그 한 사람에 의해 "오랜 후에도 완성되지 않을 이야기가 끝없이" 이어진다. 바로 지금 여기에서.

4. 밤의 해변에서 함께

장담할 수는 없지만, 나는 부지불식간에 바다나 해변 이외의 다른 힘들에도 동일한 규칙을 적용하고서 따라왔던 것 같다 ─ (정식으로 다루기에는 너무 거대한 그 힘들을 시로 만들려는 그 어떠한 필사적인 노력도 회피한 채) ─ 우리가 비록 단 한 차례나 할 지언정 충분히 만나 하나로 합쳐졌다는 것, 우리가 진정 서로를 서로의 일부로 받아들이고 서로를 이해한다는 것을 간접적으로 보여 줄 수 있다는 사실만으로 크게 만족한 채 말이다.

　　　　　　　　　　── 월트 휘트먼, 「해변에서의 공상」*에서

* 월트 휘트먼, 앞의 책, 187~189쪽.

아무도 없는 해변을 바라보는 자가 있다. 해변에는 사람이 모두 빠져나간 낡고 오래된 유원지만 남아 있다. 안개가 깔린 해변의 유원지는 조용하다. 컴컴한 어둠 속에서 미동조차 없는 낡은 놀이기구들. 그걸 보며 오래전 멈춘 대관람차를 탄 기억을 떠올리는 자. 그는 이런 밤이 너무 익숙하다. 천천히 회전하는 대관람차의 꼭대기에서 바라본 풍경. 바다를 항해하는 유람선과 차들의 궤도. 길과 길 아닌 곳을 흘러다니는 사람들. 주기적으로 가까워지고 멀어지는 별들. 밝아지고 어두워지길 반복하던 빌딩의 표면. 그는 이 "모든 것이 뒤섞여 어지러히 변화하는 중에도 알 수 없는 질서를 따라 움직이는 것들을 보는 데 익숙"하다. "그동안 바다는 새로운 물결을 이뤄 수많은 플랑크톤과 물고기들을 데리고 북상하다 어느 물굽이에선 그들을 흩트리고 다시 다른 무리들을 불러 모아 이 자리로 돌아오고."(「해협」에서)

수많은 낮과 밤이 지난 후에도 바다는 여전히 새로운 물결을 이루며 밀려오고 밀려가기를 반복하고 있었다. 우리를 이어지게 하고, 언제나 이어지게 해 왔으며, 앞으로도 이어지게 하는 거대한 지속의 힘. 반복되는 것들은 흔적을 남긴다. 무수히 밀려오고 밀려가기를 반복하는 것들이 지닌 거대한 힘은 우리에게 흔적을 남겼다. 이를테면 우리가 여기에 있었다는 흔적 같은 것들. 모든 것은 움직인다. 멀리서 보면 한가로운 여가의 몸짓으로 보이는 풍경 속에서도 말할 수 없는 움직임이 있고, 어디에도 기록되지 않는

수많은 몸짓들이 있는 것처럼. 그것들이 눈에 보이지 않는
건 이미 너무 많은 움직임이 무수히 겹쳐져서 거대한 여백
이 되어 버렸기 때문이다.*

　우리가 영원히 만날 수 없다 할지라도, 이곳에 우리가
있다는 걸 서로 모르고 있다 하더라도, 이곳에 머물고 있
다는 사실. 한때 우리가 같은 곳에 머물고 있었다는 사실
을 아는 일. 그 사실을 아는 순간, 세상의 일부가 되어 그
들과 함께 흘러가고 있는 나의 모습을 실감한다.

　들것에 싣고 한참을 달렸는데 실린 것이 없었다 확인해도
믿을 수 없었으므로 믿지 않았다 의심하면 모든 것이 무너질

---

*　라이트 아트(light art)라는 예술 기법이 있다. 카메라의 셔터 속도를 일부
러 늦춰 빛의 잔상을 촬영하는 방식으로, 라이트 페인팅, 혹은 라이트 그
래피티라고 부르기도 한다. 일종의 키네틱 아트(kinetic art)라는 장르에
속하기도 하는데, 움직이는 예술이라 불리는 키네틱 아트란, 작품 자체가
움직이거나 작품 속에 움직이는 부분을 표현한 작품이다. 대표적인 작품
으로는 마르셀 뒤샹이 자전거 바퀴를 이용해 만든 「모빌」(1913)이 있다.
이와 관련해 라이트 아트는 전구, 형광등, 네온등, 레이저 광선 같은 전광
을 이용한 빛의 예술이라고 볼 수 있다. 이 기법을 최초로 활용한 미술가
는 피카소다. 1949년 사진작가 존 밀러는 허공에 빛으로 그림을 그리는
피카소의 모습을 촬영했다. 이 기법은 1960년대 들어서면서 더욱 활발해
지기 시작했다. 허공에 그리는 그림이 많아질수록, 카메라에 담기는 빛의
잔상도 많아진다. 마치 움직이는 인체의 연속선이나 변곡점, 무수한 반복
과 번짐들, 실타래처럼 엉켜 있는 보이지 않는 무형의 그림들이 빛의 잔
상을 '동시에' 남기는 것처럼. 시인의 시 세계를 좀 더 자세히 이해하고
싶다면, 라이트 아트 혹은 키네틱 아트 기법을 활용한 예술작품들을 찾
아보기 바란다.

것이었다 목적지가 계속 바뀌는 것이 이상하지 않았다

　들것이 들것의 거리로 내달렸다

　들것을 위해 모두 길을 터 주었다 들것을 비워 둘 수 없어서 계속 실어 날랐다 마을 전체를 날라야 할지도 몰랐지만 피곤하지 않았다 오히려 날라야 하는 것이 없을까 봐 염려되었다 어딘지 모르면서 도착할 수 있을 것 같았고 누구를 구해야 하는지 모르면서 구할 수 있을 것 같았고 살아 있는 것이라면 무엇이든 괜찮았다

—「흔들리는 들판」에서

"어딘지 모르면서 도착할 수 있을 것 같았고 누구를 구해야 하는지 모르면서 구할 수 있을 것 같았고 살아 있는 것이라면 무엇이든 괜찮"을 수 있을 것 같다는 믿음. 이곳을 살아갈 힘도 바로 이 믿음에서 온다. 어떠한 상황에서도 아무렇지 않을 수 있는, 무엇이든지 괜찮을 수 있고 내게 주어진 모든 것을 감당해 낼 수 있는, 살아가는 동안 내게 다가올 미지의 것들을 향해 두려움 없이 바라볼 수 있는 힘을 지니는 일. 그리고 그 힘을 실감하는 우리가 여기에 있다는 사실을 아는 일. 우리가 비록 한 차례라 할지라도, 충분히 만나 하나로 합쳐지는 신비로운 순간을 기억하는 일. 그 신비로운 순간들이 모여 발생하는 무한한 지속

의 풍경들.

　다시 한번, 끝없는 해변이 시작되려 하고 있다. 끝없이 펼쳐지는 해변을 바라보고 있는 우리들. 누구의 중심도 아닌 모든 방향에서 이곳을 바라보는 우리는 지구에 존재하는 모든 것들이 무수히 밀려오고 밀려가는 해변의 파도를 바라본다. 우리는 언제나 여기에 있다. 밤의 해변에서 함께.

지은이   김미령

2005 《서울신문》 신춘문예로 작품 활동을 시작했다.

시집 『파도의 새로운 양상』이 있다.

우리가 동시에 여기 있다는 소문

1판 1쇄 펴냄 2021년 2월 11일

1판 2쇄 펴냄 2021년 9월 13일

지은이 김미령

발행인 박근섭, 박상준

펴낸곳 (주)민음사

출판등록 1966. 5.19. (제16-490호)

서울특별시 강남구 도산대로1길 62(신사동)

강남출판문화센터 5층 (06027)

대표전화 02-515-2000 / 팩시밀리 02-515-2007

www.minumsa.com

ISBN 978-89-374-0901-1 04810

     978-89-374-0802-1 (세트)

• 이 시집은 2019년 서울문화재단 문학창작집 발간지원사업의 수혜를 받았습니다.

민음의 시
목록

———————